Aus der Taschenbuchreihe LASSITER von Jack Slade
sind nachstehende Romane erhältlich. Fragen Sie im
Buch- oder Zeitschriftenhandel nach diesen Titeln:

42 183 Lassiter in der Stadt der Laster
42 184 Richter Lassiter
42 185 Hazienda Diablo
42 186 Wenn Lassiter den Teufel kitzelt
42 187 Lassiter und die sanfte Rebellin
42 188 Als Lassiter die »Löwin« liebte
42 189 Luder, Laster, Lassiter
42 190 Lassiter bei den Vogelfreien
42 191 Lassiter und die Derringer-Queen
42 192 Die Frau, die Lassiter verkaufte
42 193 Lassiter und die Missouri-Queen
42 194 Die Blonde und ihr Dämon
42 195 Eine süße Falle für Lassiter
42 196 Eine unheimliche Braut für Lassiter
42 197 Lassiter und die Goldlady
42 198 Lassiter, Vollmond und Virginia
42 199 Der Mann, der Lassiter erschoß
42 200 Lassiter und die Witwe von Wyoming
42 201 Das Teufelspärchen
42 202 Lassiters zarte Versuchung
42 203 Lassiter und das Sklavenschiff
42 204 Lassiter und die Geliebte des Marshals
42 205 Lassiter und die Galgenbraut
42 206 Lassiter und die Longhorn-Queen
42 207 Lassiter und die Dollarwölfin
42 208 Lassiter, Brita und der General
42 209 Die Rächerin von Oregon
42 210 Lassiter und das Spieler-Pärchen
42 211 Lassiter und das Kopfgeld-Trio
42 212 Heißes Blut für Lassiter
42 213 Lassiter und der Verdammte
42 214 Die Sklavin der Geier
42 215 Lassiter und die Bronco-Lady
42 216 Der Todesengel aus Alaska
42 217 Die Hexe vom Cimarron-Trail
42 218 Für Lassiter die Todeskarte
42 219 Die Comanchero-Fürstin
42 220 Der Fluß ist dein Grab, Lassiter
42 221 Die Wölfin, die Lassiter lockte
42 222 Blei und Gift für Lassiter
42 223 Die Cheyenne-Falle
42 224 Ein Feuerwerk für Lassiter
42 225 Lassiter und die Blizzard-Hexe
42 226 Lassiter und die Sierra-Bande
42 227 Die Louisiana-Lady
42 228 Lassiters Leibwächter
42 229 Lassiter im Wolfsloch

Jack Slade

GEWEHRE, GOLD UND GALGENVÖGEL

Westernroman

BASTEI-LÜBBE-TASCHENBUCH
Lassiter
Band 42 230

Erste Auflage: Dezember 1988

© Copyright 1988 by Bastei-Verlag
Gustav H. Lübbe GmbH & Co., Bergisch Gladbach
All rights reserved
Titelillustration: Salvador Faba/Norma Agency, Barcelona
Umschlaggestaltung: Quadro-Grafik, Bensberg
Satz: Fotosatz Steckstor, Bensberg
Printed 1988
ISBN 3−404−42230−9

Der Preis dieses Bandes versteht sich einschließlich
der gesetzlichen Mehrwertsteuer.

1

Der Regen rauschte wie ein Wasserfall durch das Blätterdach des Waldes und erstickte neben dem Platschen der Pferdehufe im schlammigen Boden auch jedes andere Geräusch.

Das Wasser lief dem Reiter in Strömen über den aufgeweichten Stetson und die Regenpelerine, um deren hochgeschlagenen Kragen er sein Halstuch geschlungen hatte. Dennoch hatte der Mann auf dem Rappen das Gefühl, bis auf die Haut naß zu sein.

Der Reiter war Lassiter.

Seit fünf Stunden war er unterwegs. Sein Ziel war Fort Assiniboine an der Einmündung des Big Sand Creek in den Milk River. Normalerweise wäre er mit dem Flußschiff nach Fort Assiniboine gelangt. Doch der Milk River führte zur Zeit so wenig Wasser, daß der Ort Chinook 25 Meilen vor Fort Assiniboine Endstation für den Heckschaufelraddampfer gewesen war.

Lassiter hatte sich in Chinook den Rappen gekauft und seinen Weg zu Pferde fortgesetzt. Er hatte gehofft, die 25 Meilen bis zum Einbruch der Nacht hinter sich bringen zu können.

Nach zwei Stunden hatte es zu regnen begonnen.

Er hätte sich in aller Ruhe nach einem Unterschlupf umsehen können. Aber wie hatte er ahnen können, daß sich der sanfte Regen nach einer monatelang andauernden Trockenheit zu einem Wolkenbruch auswachsen würde?

Er wußte nicht mehr genau, wo er war. Obwohl es früher Nachmittag war, konnte er kaum die Hand vor Augen sehen. Der Himmel zwischen den Baumkronen war mit tiefhängenden schwarzen Wolken bedeckt, und die Regenvorhänge waren so dicht, daß er kaum von Baum zu Baum sehen konnte.

Der Rappe hob plötzlich den Kopf.

Lassiter versteifte sich im Sattel. Der Hengst hatte etwas durch den Regen gewittert, das sah er an den aufgestellten und nach vorn gerichteten Ohren.

War er nicht allein in diesem Unwetter?

Lassiter schüttelte den Kopf. Wahrscheinlich hatte der Rappe irgendein Tier gewittert.

Ein Wasserschwall schwappte von der Krempe des Stetsons in Lassiters Kragen. Er fluchte, als er spürte, wie ihm das Wasser an der Brust hinablief.

Es sah nicht danach aus, als ob der Regen bald aufhören würde. Es hatte keinen Sinn, in diesem Unwetter weiterzureiten. Immer mehr Sturzbäche rissen den weichen Waldboden auf und legten Baumwurzeln frei. Die Gefahr, daß der Rappe strauchelte und sich ein Bein brach, wurde unberechenbar.

Wieder hob der Hengst den Kopf.

Lassiter hörte das Schnauben nicht, sah aber, wie die Nüstern des Rappen flatterten.

Er verengte die Lider. Mit einem kurzen Zügelruck brachte er den Rappen zum Stehen.

Hatte er wirklich den Schimmer eines Lichtes durch die dichten Regenschleier gesehen, oder war es eine Täuschung gewesen?

Fast eine Minute lang verharrte er reglos im Sattel. Dann trieb er den Rappen mit leichtem Schenkeldruck wieder an und lenkte ihn in die Richtung, in der er den

Lichtschimmer wahrgenommen zu haben glaubte.

Da war er wieder.

Diesmal war er sicher.

Er nahm die Zügel in die linke Hand. Unter der Regenpelerine griff er nach seinem Remington.

Nach etwa zehn Yard hielt der Rappe von allein an.

Lassiter beugte sich vor.

Deutlich war der sich stetig verändernde Lichtschimmer durch die Regenschleier zu erkennen. Dann wußte er Bescheid. Vor ihm lag die Öffnung einer Höhle. Irgendwo tief drinnen brannte ein Feuer, dessen Licht von den Wänden der Höhle reflektiert wurde.

Lassiter blieb wachsam, während er dichter an den Höhleneingang heranritt. Die Öffnung war groß genug, um auch Pferde hindurchzulassen.

Das Rauschen der vom Himmel stürzenden Wassermassen wurde abrupt um eine Nuance leiser.

Lassiter hob den Kopf. Erst jetzt sah er die überhängende Felswand, die vor ihm aufragte.

Aus der Höhle drang das Wiehern eines Pferdes.

Lassiter beeilte sich, keine Zweifel aufkommen zu lassen, daß er friedliche Absichten hatte.

»Hallo, Feuer!« rief er laut. »Etwas dagegen, wenn ich mich an eurem Lager wärme und trocknen lasse?«

Es blieb still. Eine Minute verging, ohne daß sich in der Höhle etwas tat. Nur einmal sah Lassiter einen Schatten über die Höhlenwand huschen.

Er zog den Remington unter der Pelerine aus dem Holster.

Im selben Augenblick erschien der Mann.

Lassiter sah nur die Umrisse.

Es war ein Weißer. Jedenfalls war er wie ein Weißer gekleidet. In der linken Armbeuge hielt er lässig einen

Karabiner, dessen Mündung auf den Reiter vor der Höhle gerichtet war. »Okay, Mister, steig ab und bring deinen Gaul rein«, sagte der Mann. Seine Stimme klang kehlig und eine Spur gehetzt.

Lassiter spürte, wie sich die Haare in seinem Nacken aufstellten. Langsam glitt er aus dem Sattel, den Remington immer noch in der rechten Faust.

Doch da drehte sich der andere um und kehrte in die Höhle zurück.

Lassiter atmete tief durch.

Ein Mann, der in der Wildnis lebte, mußte immer mißtrauisch sein, wenn er überleben wollte. Lassiter würde dem anderen klarmachen, daß er von ihm nichts zu befürchten hatte.

Er warf die Zügel über den Kopf des Rappen und zog den Hengst hinter sich in die Höhle hinein.

Der Mann war nicht allein.

Lassiter musterte die beiden Gestalten neben dem Feuer. Es waren Rothäute. Blackfeet, schätzte Lassiter. Sie trugen Hosen aus Wildleder und Jeansjacken, die zerschlissen waren und an den Ellbogen Löcher aufwiesen.

Auch der Mann, der Lassiter am Höhleneingang entgegengetreten war, war kein Weißer. Obwohl er Cowboykleidung trug. Das dunkelhäutige Gesicht mit den hohen Jochbeinen und das schwarze, glänzende Haar verrieten allzu deutlich, daß Indianerblut in seinen Adern floß. Lassiter nahm an, daß er ein Halbblut war.

Lassiter ignorierte das deutliche Mißtrauen der drei Männer und führte seinen Hengst zu den anderen drei Pferden hinüber.

Die Höhle war beeindruckend groß. Der gelblich-rote Schein der Flammen gab ihr etwas Unwirkliches. Lassiter spürte, daß ihm Gefahr drohte. Und die ging zweifellos von den drei Männern aus. Sie benahmen sich, als hätte er sie bei etwas Verbotenem überrascht.

Lassiter öffnete die Pelerine, zog sie von den Schultern und hängte sie über einen Felsen. Er bemühte sich, unbefangen zu wirken, um die drei Männer nicht zu unüberlegtem Handeln zu provozieren.

Mit einem Lächeln im nassen Gesicht trat er auf das Feuer zu.

Ihm entgingen nicht die Blicke der beiden Indianer, die ein bißchen zu lange auf dem Remington an seiner rechten Seite hängen blieben.

Er schaute das Halbblut an und sagte: »Ich dachte nicht, daß es in den Bear Paws überhaupt noch einmal regnen würde. Und dann gleich in diesen Massen.«

Sie antworteten ihm nicht.

Die Blicke der beiden Rothäute zuckten immer wieder zum Halbblut hinüber, das sich offenbar nicht entscheiden konnte, ob es dem Fremden einen Platz am Feuer anbieten oder ihn lieber gleich über den Haufen schießen sollte.

Über dem Feuer hing ein Topf an einem Dreibein. Das Aroma von starkem Kaffee stieg Lassiter in die Nase. Er wollte fragen, ob er sich bedienen könne, als das Halbblut zu sprechen begann.

»Wohin des Weges, Mister?« Sein Mißtrauen war nicht zu überhören.

Lassiter zögerte kurz.

»Fort Assiniboine«, erwiderte er dann. Wahrscheinlich war die Wahrheit so gut wie jede andere Antwort.

Er hörte den kehligen Laut des einen Indianers, sah

das Aufblitzen in den schwarzen Augen und wartete die Reaktion der Männer gar nicht erst ab.

Seine Rechte klatschte auf den Hickorygriff des Remingtons. Mit einer geschmeidigen Bewegung, die ihm ins Blut übergegangen war, zog er den Revolver blitzschnell aus dem Holster.

Sie sahen, daß er viel schneller war als sie.

Dennoch hielten sie nicht inne.

Der Indianer links von ihm stieß einen kehligen Schrei aus. In seiner hochzuckenden rechten Faust blitzte die breite Schneide eines Messers.

Lassiter schoß.

Das Krachen des Remingtons hörte sich in der Höhle wie ein Donnerschlag an. Noch während sich das Echo an den Wänden brach, war die Höhle vom schmetternden Hall mehrerer Schüsse erfüllt.

Lassiter lag neben dem Feuer auf dem felsigen Boden und jagte seine letzte Kugel zu dem knienden Halbblut hinüber, aus dessen Revolver eine Feuerblume fauchte.

Lassiter spürte den Gluthauch des Bleis an seinem linken Ohr.

Dann sah er, wie das Halbblut nach vorn kippte.

Hinter Lassiter spielten die Pferde verrückt. Die beiden Indianerponys rissen sich los und preschten aus der Höhle.

Lassiter lud die Trommel des Remingtons blitzschnell nach. Er hatte diesen Kampf nicht gewollt.

Einer der beiden Indianer lag reglos am Boden, die Arme weit von sich gestreckt. Der andere lehnte an der Felswand. Sein Gesicht war grau, die Augen waren weit aufgerissen. Blut lief an seinem rechten Arm hinab. Er wich an der Felswand zurück, als Lassiter die Mündung des Remingtons auf ihn richtete. Der Feuerschein verwandelte sein verzerrtes Gesicht in eine Fratze. Plötzlich warf er die Arme hoch. Sein schauriger Schrei hallte von den Felswänden wider, und Sekundenbruchteile später war er wie vom Erdboden verschluckt.

Lassiter schwenkte den Revolverlauf zu dem auf den Knien hockenden Halbblut herum. Aber der Mann war keine Gefahr mehr, obwohl er den Revolver noch in der herabhängenden rechten Faust hielt. Das Kinn hing ihm auf der Brust. Er schien nicht mal mehr die Kraft zu haben, den Kopf anzuheben. Lassiter trat ihm dennoch den Revolver aus der Hand.

Das Halbblut verlor das Gleichgewicht und kippte auf die Seite. Die beiden zurückgebliebenen Pferde hatten sich beruhigt und äugten zu Lassiter herüber.

Das Rauschen des Regens draußen vor der Höhle war verstummt. Lassiter registrierte es im Unterbewußtsein. Seine Nerven waren zum Zerreißen gespannt.

Er trat von dem Halbblut weg auf die Stelle zu, an der der Indianer verschwunden war, und schluckte, als er den schwarzen Abgrund vor sich sah. Mit der Stiefelspitze kickte er einen Stein über die Felskante. Es dauerte fast 20 Sekunden, ehe er das Geräusch des Aufpralls aus der Tiefe hörte.

Das konnte der Indianer niemals überlebt haben.

Lassiter ging zurück zu dem zweiten Indianer. Das Kugelloch befand sich auf der linken Brustseite in Höhe des Herzens.

Der Indianer mußte auf der Stelle tot gewesen sein.

Während der wilden Schießerei, die nicht einmal drei Sekunden gedauert hatte, war Lassiter nicht bewußt gewesen, wie schwer er diesen Mann getroffen hatte.

Er preßte die Lippen hart aufeinander.

Zwei der drei Männer waren tot. Durch seine Hand gestorben. Wenigstens der eine. Und dabei hatte er alle drei noch nie im Leben gesehen. Er hatte ihnen nichts getan, und dennoch hatten sie versucht, ihn umzubringen.

Verbitterung erfüllte ihn.

Vom Schein der Flammen beleuchtet, blieb er vor dem gekrümmt auf der Seite liegenden Halbblut stehen und starrte auf den Mann hinab.

Lassiters Kugeln hatte ihn in den Arm und die rechte Seite getroffen. Die Kalbfellweste wies einen dunklen Fleck auf, der den Feuerschein reflektierte.

Lassiter ging in die Knie. Mit dem Lauf des Remingtons hob er das Kinn des Verwundeten an.

Die dunklen Augen des Halbbluts waren weit geöffnet. Er war bei Bewußtsein. Schweißperlen standen auf seiner Stirn und versickerten in den buschigen Augenbrauen.

»Die Indianer sind tot«, sagte Lassiter gepreßt. »Warum wolltet ihr mich töten?«

Der spitze Adamsapfel des Mannes zuckte auf und ab. Das Korn des Remingtons drückte in die Haut unter seinem Kinn und bereitete ihm Schmerzen. Lassiter sah es und nahm den Revolver herunter.

»Du – hast uns – belauscht...«, brachte das Halbblut keuchend hervor.

Lassiter wies mit einer Kopfbewegung zum Höhleneingang.

»Es hat aufgehört zu regnen. Vor ein paar Minuten hätte man draußen sein eigenes Wort nicht gehört.«

»Du hast – nichts gehört?«

»Nein. Was hätte ich hören sollen?«

Das Halbblut preßte die Lippen so fest zusammen, daß nur noch ein Strich in seinem Bartschatten nachblieb.

Lassiter spannte den Hahn des Remingtons. Aber die Drohung beeindruckte das Halbblut nicht. Der Ausdruck seiner schwarzen Augen veränderte sich und wurde stumpf und apathisch.

Lassiter kannte das.

Dieser Mann war trotz seines Äußeren mehr Rothaut als Weißer.

Er schob die Kalbfellweste des Halbbluts hoch und zerrte das graue Armeehemd aus dem Gürtel. Eine blutige Schmarre über der Hüfte hatte sich fingerbreit in die Haut gefressen.

Lassiter war beruhigt. An dieser Wunde würde das Halbblut nicht sterben. Er würde den Mann nach Fort Assiniboine bringen. Vielleicht konnten sie dort etwas mit ihm anfangen.

Er erhob sich und sah sich das Pferd des Halblbuts an. Es war ein Overo-Pony von einer Klasse, wie man sie selten sah. Ein Tausend-Dollar-Pferd, davon war Lassiter überzeugt. Am Fuß der Felswand lag der Sattel am Boden, daneben zwei Satteltaschen, die beide ziemlich prall aussahen.

Das Halbblut bewegte sich und preßte einen kehligen Laut hervor, als Lassiter neben den Satteltaschen in die Knie ging. Ein Ruck mit dem Remington genügte, um das Halbblut stumm verharren zu lassen.

Lassiter öffnete die eine Satteltasche.

Das Gewicht alarmierte ihn.

Dann sah er den gelblichen Schimmer im Feuerschein, und er wußte, daß ein Vermögen in Gold vor ihm lag.

2

Wie Schatten von riesigen Tieren duckten sich die Gebäude des Forts im flachen Land. Nur vereinzelt blinkten Lichter zu Lassiter herüber, der vom Milk River herauskam, das Overo-Pony mit dem verwundeten Halbblut im Sattel im Schlepptau.

Die Armee hatte Fort Assiniboine vor Jahren wegen Sitting Bull gebaut, der nach dem Massaker vom Little Bighorn mit seinem Stamm nach Kanada gegangen war. Jetzt waren die Zeiten an der kanadischen Grenze ruhiger.

Lassiter ritt an dem großen Backsteingebäude mit dem burgähnlichen Turm vorbei und quer über den riesigen Paradegrund auf das Headquarters zu. Am Flaggenmast, der fast 100 Fuß in den dunklen Himmel ragte, flatterte der Union Jack im scharfen Nordwind.

Ein erleuchtetes Fenster im Headquarters wies Lassiter den Weg.

Es war weit nach Mitternacht. Durch die stundenlangen wolkenbruchartigen Regenfälle hatte er viel Zeit verloren.

Er drehte sich nach dem Halbblut um.

Der Mann hatte ihm nicht verraten, wie er hieß. Seit Lassiter ihm noch in der Höhle die Wunden verbunden und ihn gefesselt hatte, war kein Wort mehr über seine Lippen gekommen.

Die Satteltaschen mit dem Gold trug Lassiters Rappe. Und das Gold war es, was Lassiter sicher sein ließ, einen bedeutenden Fang gemacht zu haben.

Er hatte den Rappen kaum vor dem Hauptquartier gezügelt, als eine Tür aufgestoßen wurde. Der Schatten eines Soldaten verdunkelte das helle Viereck. Lassiter sah, wie der Mann den Revolver aus dem Holster zerrte.

»Keine Bewegung!«

Der Mann trat vor. Jetzt wurde er vom Lichtschein beleuchtet, der durch das offene Türviereck fiel. Lassiter sah, daß es ein Major war.

Die Revolvermündung war immer noch auf ihn gerichtet. Er rührte sich nicht im Sattel. Nach einer Weile wurde es ihm zu dumm.

»Wie wär's, wenn Sie mich abstiegen ließen, Major?« sagte er rauh. »Ich bin den ganzen Tag im Sattel und vom Regen völlig durchnäßt.«

»Wer sind Sie?« schnarrte die Stimme des Offiziers.

»Können wir das nicht hinterher klären?«

Das Knacken des Revolverhahns war in der Stille der Nacht überlaut zu hören.

Lassiter stieß einen Seufzer aus. Er ritt nicht das erstemal in ein Fort. Er konnte nicht mehr zählen, wie oft er schon mit sturen Kommißböcken aneinandergeraten war. Es brachte ihn jedesmal wieder in Rage. Doch in dieser Nacht war er zu müde dazu, dem Major klarzumachen, was er von seiner Art hielt.

Er nahm den rechten Fuß aus dem Steigbügel und schwang das Bein über den Sattel.

Er sah die grelle Mündungsflamme, hörte das Krachen des Revolvers und glaubte, den Luftzug des über ihn hinwegpfeifenden Bleis im Gesicht zu spüren.

Mit einem Satz war er aus dem linken Steigbügel. Nur zwei Schritte brauchte er, dann war er am Vorbau. Seine Faust zuckte vor und kriegte den Major an der Jacke zu fassen.

Der Offizier wollte mit dem Revolver zuschlagen, doch Lassiter blockte den Arm ab. Eine kurze Drehung genügte, den Major auszuheben. Im nächsten Moment flog der Offizier durch die Luft und landete mit einem klatschenden Laut neben den Hufen des Rappen im aufgeweichten Boden des Paradegrundes.

Das Türviereck verdunkelte sich wieder. Schritte polterten auf dem Vorbau.

»Hände hoch!« brüllte eine dunkle Stimme.

Lassiter rührte sich nicht. Er wußte aus Erfahrung, wie schnell Soldaten die Nerven verlieren konnten. Langsam hob er beide Arme und stellte vorsichtshalber den Stiefel auf den Revolver des Majors, der vor ihm in den Schlamm gefallen war.

Das Keuchen des Majors erfüllte die Nacht. Fluchend rappelte er sich hoch. Im schwachen Lichtschein sah Lassiter sein hochrotes Gesicht. Der Major sah sich nach seinem Revolver um. Als er ihn nicht fand, wurde er noch wütender.

»Dafür stelle ich Sie an die Wand, Mister!« keuchte er.

»Was ist hier los?« fragte eine sonore, ruhige Stimme vom Vorbau!

Lassiter wandte den Kopf.

Ein dritter Mann war aus dem Haus getreten. Er stopfte gerade sein Hemd in die Hose und schob die Hosenträger über die Schultern. Eine wilde Mähne weißen Haares umrahmte seinen eckigen Schädel. Die untere Hälfte seines im Schatten liegenden Gesichtes wurde von einem ebenso weißen Bart bedeckt.

»Wer hat geschossen?« fragte er.

Der Major neben Lassiter nahm Haltung an.

»Ich, Sir! Dieser verdammte Zivilist . . .«

Der weißhaarige Mann war einen Schritt vorgetreten.

»Lassiter!« rief er. »Ich dachte schon, du kommst nicht mehr. Ich warte seit drei Tagen auf dich. Die

Depesche aus Fort Buford sagte, daß du dort vor einer Woche abgefahren bist.«

Lassiter grinste schmal. »Hallo, Kirby«, sagte er. »Ich bin müde und erschöpft. Können wir nicht über alles reden, wenn ich meine nassen Sachen ausgezogen und einen Whisky im Bauch habe?«

»Selbstverständlich. Entschuldige. Ich . . .« Er unterbrach sich und starrte auf den zusammengesunkenen Mann, der gefesselt im Sattel des Overo-Ponys hockte.

»He, wer ist das?«

Lassiter zuckte mit den Schultern.

»Er hat es mir nicht verraten. Ich traf ihn mit zwei Rothäuten unterwegs. Sie versuchten, mich umzubringen.«

Der Soldat, der neben dem Weißhaarigen stand, stieß plötzlich ein scharfes Zischen aus.

»Ich kenne das Pferd, Colonel!« sagte er hastig. »So ein Pony reitet nur Jack Mulhall!«

Es war auf einmal still.

Die Soldaten starrten das Halbblut an, als wäre es Sitting Bull persönlich. Lassiter hatte den Namen Mulhall noch nie gehört. Er drehte sich um, schnallte die Satteltaschen mit dem Gold ab und sagte in die Stille: »Das hier hatte er bei sich. Ich schätze, das Gold ist mindestens 100.000 Dollar wert.«

Lassiter lehnte sich im Sessel zurück und sog an seiner Zigarre. Mit schmalen Augen betrachtete er Major Cyrus Elmdale. Der Offizier zitterte vor Wut.

»Es ist nicht gegen Sie persönlich gerichtet, wenn ich mit Mr. Lassiter unter vier Augen sprechen will, Major«, sagte Colonel Kirby Weaver.

Elmdale antwortete nicht. Er preßte die Lippen zusammen. Abrupt drehte er sich um, riß die Tür auf und verließ das Zimmer.

Die Tür fiel laut ins Schloß.

Lassiter stieß den Rauch in dicken Ringen aus.

»Ziemlich ehrgeizig, der Junge, wie?« murmelte er.

»Er ist kein schlechter Offizier, Lassiter«, erwiderte der Colonel. »Er will immer alles hundertprozentig machen. Er ist seit drei Monaten hinter Jack Mulhall her. Und jetzt tauchst du auf und servierst uns das Halbblut auf einem goldenen Tablett. Wahrscheinlich glaubt er, daß er versagt hat.«

»Wer ist dieser Mulhall? Hat er was mit der Sache zu tun, derentwegen ich nach Fort Assiniboine gekommen bin?«

»Ja. Mulhall ist zur Hälfte ein Cree. Gleichzeitig ist er Anführer der Metis. Du weißt, wer die Metis sind?«

Lassiter nickte. Er war schon mal drüben in Kanada gewesen. Jenseits der Grenze hatten Mischlinge jeglicher Art eine Art Selbstverwaltung aufgezogen und waren seit Jahren dabei, ihre Rechte gegenüber der Regierung in Ottawa durchzusetzen. Bisher hatten sie damit keinen Erfolg gehabt. Gewalttätigkeiten waren ausgebrochen. Es hieß, daß die Metis einen Aufstand vorbereiteten.

»Es geht um Waffen«, sagte Colonel Weaver nach einem Augenblick des Schweigens. »Nicht nur um ein paar Gewehre, sondern um ganze Schiffsladungen. Mit dem Gold, das Mulhall bei sich hatte, wollte er Waffen kaufen.«

Lassiter runzelte die Stirn. »Solche Mengen können nicht im geheimen verschoben werden.«

»O doch. Dazu braucht man nur eine funktionierende Organisation und eine Bande von Revolverschwingern.«

»Das hört sich an, als würdest du wissen, von wem du sprichst.«

»Das weiß ich«, sagte Kirby Weaver hart. »Sein Name ist Matt Salinger.«

»Der von der SSC – Salinger Steamboat Company?«

»Genau der.«

Lassiter stieß einen Pfiff aus.

Matt Salinger beherrschte mit seiner Company den gesamten Missouri und seine Nebenflüsse bis hinab nach St. Louis.

»Hat er es nötig, sich auf illegalen Waffenhandel einzulassen?«

»Frag mich was Leichteres«, erwiderte der Colonel gepreßt. »Die Profite beim Waffenhandel sind immens. Andererseits habe ich gehört, daß die Aktien seiner Company in den letzten Wochen immer mehr in den Keller rutschen. Das hängt mit dem Bau der Northern-Pacific-Eisenbahn zusammen.«

»Was hat die Armee bisher unternommen? Bist du dem Verdacht nachgegangen?«

Kirby Weavers Züge wurden hart.

»Ja«, sagte er gepreßt. »Trotz Warnungen aus Chicaco habe ich gehandelt. Denn schließlich sind es meine Soldaten, die mit dem Leben zahlen müssen, wenn sich ein Aufstand über die Grenze hinweg ausbreitet. Major Elmdale hat mit zwei Kompanien Flat Creek besetzt und dort jedes Haus auf den Kopf gestellt. Aber er hat nichts gefunden. Entweder ist Salinger rechtzeitig gewarnt worden, oder aber er hat seine geheimen Waffenlager von vornherein außerhalb von Flat Creek angelegt.«

»Man sagte mir, daß die Sache sehr eilt. Ist irgend etwas im Busch?«

»Nein«, sagte Kirby Weaver. »Die Eile hat einen anderen Grund. Du hast ihn schon am eigenen Leib gespürt. Er ist der niedrige Wasserstand der Flüsse.«

»Ich verstehe nicht, was ...«

Der Colonel winkte ab. »Matt Salinger steht unter Zeitdruck, Lassiter. Den letzten Beweis hast du mit Jack Mulhall geliefert. Mulhall muß auf dem Weg nach Flat Creek gewesen sein, um Waffen für die Metis zu kaufen. Da ich zwischen Fort Benton und Flat Creek den Lauf des Missouri überwachen lasse, kann Salinger dort die Gewehre nicht an den Mann bringen. Er muß es irgendwo zwischen Flat Creek und dem Musselshell River versuchen.«

»Das ist eine lange Strecke, die nicht zu überwachen ist.«

»Ja. Aber durch den niedrigen Wasserstand des Missouri ist sie auch nicht befahrbar. Sämtliche Schiffe, die sich oberhalb der Stromschnellen von Flat Creek befinden, sitzen fest. Salinger brennt die Zeit unter den Nägeln. Wenn er Mulhalls Gold kassieren will, muß er sich etwas einfallen lassen.«

»Du hast Mulhalls Gold. Also kann Salinger es nicht kassieren.«

»Das könnte man ändern.«

Lassiter vergaß, an seiner Zigarre zu ziehen. Er starrte den wie ein Faun grinsenden Colonel an und schüttelte langsam den Kopf.

»Ich bin kein Selbstmörder, Kirby. Jeder Mann sieht auf den ersten Blick, daß ich kein Halbblut bin. Außerdem wird Salinger einige Burschen in seiner Crew haben, die Mulhall schon mal begegnet sind.«

»Nein. Das glaube ich nicht. Mulhall ist ein ausgesprochen vorsichtiger Mann. Er hat bisher immer die Indianer vorgeschickt, die ihn über die Grenze begleitet haben. Deshalb ist er auch jedesmal Major Elmsdale durch die Lappen gegangen. Wir selbst wußten auch nicht, wie Mulhall aussieht. Corporal Henning hat ihn nur an dem Overo-Pony erkannt. Und mit dem wirst du nach Flat Creek reiten.«

»Langsam, langsam«, sagte Lassiter. »Was ist mit meinem Aussehen?«

»Kein Problem. Es gibt Mittel, mit denen man Haare färben und die Haut dunkler machen kann.«

»Was kann ich allein gegen Salingers Meute ausrichten?«

»Du sollst nicht gegen sie kämpfen. Ich will wissen, wo sich Salingers Waffenlager befindet. Es genügt mir nicht, eine Schiffsladung zu erwischen. Wahrscheinlich hat Salinger sich irgendwie abgesichert. Ich muß sein ganzes Waffenlager haben.«

»Es ist meines Wissens nicht verboten, Gewehre zu verkaufen. Du mußt ihm beweisen, daß er sie an Indianer oder an die Metis liefert.«

Kirby Weavers Gesicht glich plötzlich einer Maske aus Holz.

»Ich weiß, was ich tue, Lassiter. Vielleicht ist es das Ende meiner Laufbahn. Aber das ist mir gleichgültig, wenn ich damit verhindern kann, daß das Land am Milk River mit dem Blut meiner Soldaten getränkt wird.«

Lassiter erhob sich aus seinem Sessel. Er kannte Kirby Weaver seit Jahren und wußte, daß dieser keine leeren Worte sprach.

»Gut, Kirby«, sagte er. »Ich steige in dein Spiel ein.

Ich hoffe nur, daß du dich nicht täuschst, was die Bekanntheit Jack Mulhalls angeht. Wenn man mich in Flat Creek entlarvt, wird es Salinger ein Augenblinzeln kosten, mich in ein Sieb zu verwandeln.«

Kirby Weaver grinste breit.

»Ich dachte, das wäre nichts Neues für dich, Lassiter. Du bist es doch gewöhnt, mit einem Bein in der Hölle zu stehen.«

3

Lassiter hatte Mühe, das Overo-Pony während der Überfahrt über den Missouri ruhigzuhalten. Das Schwanken der flachen Fähre jagte dem Hengst Angst ein. Dazu kam das stetige Rauschen der nahen Stromschnellen.

Die weißen Klippen ragten weit aus dem Wasser. Lassiter sah Colonel Weavers Ansicht bestätigt, daß die Regenschauer des vergangenen Tages nicht ausgereicht hatten, den Wasserspiegel des Missouri steigen zu lassen.

Er richtete den Blick auf das südliche Ufer, dem sich die Fähre näherte. Mehr als ein halbes Dutzend Flußdampfer lagen dort in der Nähe der Klippen vor Anker. Die Aufbauten ragten vor dem steilen Flußufer hoch empor. Keines der Schiffe stand unter Dampf. Sie wirkten verlassen. Nirgends sah Lassiter eine Bewegung auf den Decks.

Die Sandbank vor dem Steilufer wurde mit einer Art Steg aus dicken Bohlen überbrückt. Er führte zu einer schrägen Rampe, die ins Ufer gesprengt worden war.

Lassiter kniff die Lippen zusammen.

Matt Salinger hatte seine Stadt an einer denkbar ungünstigen Stelle errichtet. Aber vielleicht schien es auch nur so. Irgendeinen Grund mußte der Boß der SSC gehabt haben, ausgerechnet diesen Ort für seine Stadt zu wählen.

Ein Ruck ging durch die Fähre. Deutlich waren die kratzenden Laute zu hören, mit denen der Rumpf über Sand schrammte.

Der Fährmann fluchte.

Lassiter nickte ihm zu. »Wenn die Trockenheit weiter anhält, wird Ihre Fähre bald überflüssig sein.«

Der Fährmann schüttelte den Kopf.

»Es sieht schlimmer aus, als es ist«, murmelte er. »Der Regen gestern war ein Anfang.«

Lassiter wies auf die Klippen.

»Es hat aber nichts gebracht.«

»Das wird sich schon heute abend ändern. Der Regen wird die Nebenflüsse füllen. Ich kenne es von der Trockenheit vor sechs Jahren.«

»Sie meinen, heute abend werden die Stromschnellen wieder passierbar sein?«

»Ja. Aber nur für kurze Zeit.«

Lassiter fragte nicht mehr. Außer dem Fährmann schien sich niemand auszukennen. Denn sonst hätte man auf den Schiffen längst Vorbereitungen getroffen.

Die Fähre drehte sich etwas, dann war sie wieder frei.

Lassiter faßte die Zügel des Overo-Ponys noch kürzer. Der Hengst schnaubte unwillig, schaffte es aber nicht, sich aus dem harten Griff zu befreien.

Lassiter beugte sich über das hölzerne Geländer der Fähre. Seine Umrisse spiegelten sich im grauen Wasser des Flusses. Genaues konnte er nicht erkennen, aber er wußte von Fort Assiniboine her, wo er in den Spiegel geschaut hatte, wie er aussah.

Ein Scout vom Stamm der Mandan hatte seine Haare mit irgendeinem in Wasser aufgelösten Pulver tiefschwarz gefärbt. Die Haut im Gesicht, an Hals und Nacken und an den Händen hatte er mit einer Tinktur eingerieben. Schon nach Sekunden war sie dunkel und faltig geworden. Lassiter hatte geflucht, denn er sah auf einmal um Jahre gealtert aus. Erst als der Mandan ihm versicherte, daß nach drei Wochen von alledem nichts mehr zu sehen sein würde, hatte Lassiter sich beruhigt.

Die Fähre erreichte das gegenüberliegende Ufer.

Lassiter zahlte den Fährmann und zog den Hengst über die herabgelassene Rampe auf das sandige Ufer. Sein Blick streifte die prallen Satteltaschen mit dem Gold, bevor er sich auf den Rücken des Ponys zog und den Hengst zum Steilufer hinüberlenkte. Von hier unten waren nur wenige Häuser zu erkennen.

Lassiter zog den Kopf zwischen die Schultern, als er die etwa 10 Yards breite Rampe hinaufritt. Das Gefühl einer drohenden Gefahr saß ihm plötzlich im Nacken. War Jack Mulhall tatsächlich nur wenigen Männern persönlich bekannt, wie Kirby Weaver behauptet hatte?

Das Overo-Pony schnaubte, nachdem es die Rampe hinter sich gebracht hatte. Die Main Street der Stadt Flat Creek lag vor ihnen. Das Leben, das Lassiter schon unten bei den Schiffen erwartete hatte, pulsierte hier oben. Die Stepwalks, die sich an beiden Häuserfronten entlangzogen, waren überfüllt mit Menschen.

Überall lehnten hartäugige Burschen mit tiefgeschnallten Revolvern an Vorbaupfosten und Häuserecken. Sie belauerten den Reiter, der langsam die Main Street hinabritt. Hier im Norden waren die meisten Männer Pferdekenner. Lassiter entging nicht, daß er mit dem Overo-Pony Aufsehen erregte.

Er ließ seine Blick über die Häuserfronten gleiten. Wohnhäuser gab es an der Main Street kaum. Es waren meistens Läden und Saloons. Und überall war der Name Matt Salinger zu lesen – oder die Initialen SSC.

Lassiter lenkte das Pony auf das zweistöckige Gebäude zu, das alle anderen überragte. Die drei Buchstaben SSC waren riesengroß auf die Vorderfront gemalt. Lassiter zweifelte nicht, daß er Matt Salingers Hauptquartier vor sich hatte.

Er war noch etwa 10 Yards vom Vorbau des großen Hauses entfernt, als plötzlich von allen Seiten Revolverschwinger auftauchten.

Lassiter tat, als würde er nichts bemerken. Er zügelte das Pony vor dem Hitchrack, band die Zügel um den Holm und schnallte dann die Satteltaschen ab, die er sich über die Schulter schwang.

Vor der Treppe zum Vorbau blieb er stehen.

Zwei Kerle versperrten ihm den Weg. Er blickte sie kalt an und sagte: »Ihr solltet euch verziehen, wenn ihr keinen Ärger mit eurem Boß haben wollt.«

Sie rührten sich nicht. Doch in den dunklen Augen des einen spiegelte sich so etwas wie Erkennen. Er legte seinem Kumpan die Hand auf den Arm, als dieser nach dem Revolver greifen wollte.

»Wie heißt du?« fragte er Lassiter heiser.

»Mulhall. Jack Mulhall.«

Die Augen der Revolvermänner wurden groß. Sie gaben den Weg sofort frei, und Lassiter stiefelte mit seiner schweren Last die Treppe hinauf.

Einer der Kerle hielt ihm sogar die Tür auf.

»Wo finde ich Salinger?« fragte Lassiter. Im selben Moment, als er die Frage gestellt hatte, wußte er, daß sie überflüssig gewesen war.

Er sah den massigen Mann, der mit ein paar anderen an einem runden Tisch mitten im großen Raum saß und ihn unter zusammengezogenen Brauen interessiert musterte.

Niemand anderer als dieser Mann konnte Matt Salinger sein.

Lassiter trat auf den runden Tisch zu.

Er war überrascht. Er hatte Geschäftsräume erwartet. Aber die riesige Halle war als eleganter Saloon eingerichtet.

Ein schlanker, elegant gekleideter Mann erhob sich vom Tisch und machte Front gegen Lassiter.

»Halt«, sagte er.

Lassiter dachte nicht daran, der Aufforderung Folge zu leisten. Als er das Aufblitzen in den hellen Augen des Dandys sah, reagierte er sofort. Der Dandy hatte den Revolver erst halb aus dem Holster, da blickte er schon in die Mündung von Lassiters Remington.

Über Matt Salingers Züge huschte ein amüsiertes Grinsen.

»Du solltest dir die Männer genauer ansehen, bevor du zur Kanone greifst, Sting«, sagte er, während er sich erhob und Lassiter über den Tisch hinweg die Hand reichte.

Lassiter wartete, bis der Dandy seinen 45er losgelassen hatte. Dann stieß er den Remington ins Holster zurück und nahm Salingers Hand.

»Mulhall?« fragte Salinger.

Lassiter nickte.

»Freut mich, Sie kennenzulernen, Salinger«, erwiderte er. »Ich hoffe, Sie haben alles für unser Geschäft vorbereitet.«

Der Dandy lachte gehässig. Ein kurzer Blick Salingers brachte ihn zum Schweigen.

»Sie haben den Fluß gesehen, Mulhall?« fragte Salinger. »Keiner meiner Kapitäne wagt es, bei diesem Wasserstand über die Klippen zu fahren.« Er beugte sich vor. Ein Lauern war in seinen kalten Augen, die in Fettpolster eingebettet waren. »Vielleicht wissen Sie einen Ausweg. Ihre Schwester behauptete, Sie würden eine Möglichkeit finden.«

Lassiter bemühte sich, sein Erschrecken nicht allzu deutlich zu zeigen. Seine Schwester? Verdammt, davon hatte Kirby Weaver kein einziges Wort gesagt!

»Er kann das Schiff nicht über die Klippen tragen«, sagte der Dandy. »Und hier kann er die Ladung nicht übernehmen. Ein paar Meilen jenseits des Flusses würde er der Armee in die Arme laufen.«

»Ist das Schiff beladen?« fragte Lassiter rauh.

»Ja. Aber das hilft Ihnen nicht.«

»Lassen Sie die Kessel anheizen, damit es heute abend zum Auslaufen bereit ist.«

Sie starrten ihn ungläubig an.

Lassiter knallte die Satteltaschen mit dem Gold auf den Tisch. Er wußte, daß er Salinger etwas anbieten mußte, um sein Mißtrauen einzuschläfern.

»Ich kaufe die Ware hier. Also ist es mein Risiko«, sagte er.

Salinger begann breit zu grinsen.

»Wie Sie wollen, Mulhall. Sie wollen jetzt sicher wissen, wie es Ihrer Schwester geht, wie?« Er schnippte mit den Fingern. Ein Mann setzte sich in Bewegung und verschwand durch eine Tür im Hintergrund.

Ein Keeper brachte eine Flasche Brandy und schenkte auch ein Glas für Lassiter voll.

Lassiter konnte es gebrauchen. Der Gedanke, in ein paar Minuten entlarvt zu werden und um sein Leben kämpfen zu müssen, jagte ihm einen Schauer über den Rücken.

Lassiter setzte gerade das zweite Glas Brandy an die Lippen, als die Tür neben der Theke aufgestoßen wurde.

Eine Frau trat hindurch. Langes schwarzes Haar fiel ihr über die Schultern und umrahmte ein dunkles, atemberaubend schönes Gesicht mit großen schwarzen Augen und rot leuchtenden Kirschlippen.

Lassiter hatte die Rechte auf den Griff des Remington gelegt. Er war bereit die Hölle loszulassen und sein Leben so teuer wie möglich zu verkaufen.

Er sah, daß der Blick des Mädchens über die Männer am runden Tisch huschte. Plötzlich glitt ein Lächeln über ihre Züge. Ihre Schritte wurden länger. Sie hielt genau auf Lassiter zu und breitete die Arme aus.

»Jack! Endlich!« sagte sie mit einer Stimme, die in Lassiter etwas zum Klingen brachte. Sie schlang die Arme um seinen Hals, und er spürte die warmen Lippen an seiner Wange.

Lassiter blickte an ihrem Haarschopf vorbei auf Matt Salinger. Der schwere Mann grinste breit.

»Du siehst, sie ist in Ordnung, Mulhall. Niemand hat ihr ein Haar gekrümmt.«

Lassiter nickte langsam.

»Okay, Salinger. Sie sollten keine Zeit verlieren. Das

Wasser aus den Bergen wird den Fluß gegen abend kurz anschwellen lassen.«

Das Mädchen faßte ihn an der Hand und zog ihn auf die noch offenstehende Tür zu.

Salinger blickte ihnen grinsend nach. Das glatte Gesicht des Dandys zeigte einen anderen Ausdruck. Er war verrückt nach dem Mädchen.

Salingers Stimme erfüllte den Saloon. Er gab knappe Befehle.

Das Mädchen drückte die Tür ins Schloß, nachdem Lassiter über die Schwelle getreten war.

Lassiter blickte sie an und öffnete den Mund, um etwas zu sagen.

Sie legte ihm rasch die kleine Hand auf die Lippen.

»Komm«, sagte sie leise. »Wir können oben in meinem Zimmer sprechen.«

Lassiter folgte ihr. Die Gedanken jagten sich hinter seiner Stirn. Warum hatte sie ihn nicht verraten? Und was war, wenn es Salingers Männern gelang, heute abend eines der Flußschiffe über die Klippen zu bringen? Waren die Gewehre, die Jack Mulhall hatte kaufen wollen, bereits an Bord?

Er war hier in Flat Creek, um Nachforschungen nach Salingers geheimem Waffendepot anzustellen. Wenn die Gewehre, für die er mit Mulhalls Gold gezahlt hatte, über die Klippen geschafft waren, würde er dem Schiff folgen müssen, um die Ladung irgendwo vor den Dauphin Rapids zu übernehmen.

Salinger hatte kein Wort darüber verloren. Also mußte alles vorbereitet sein.

Lassiter unterdrückte einen Fluch.

Die Ereignisse hatten ihn förmlich überrollt. Er mußte seine Pläne ändern. Doch erst wollte er herausfinden, welche Absichten Jack Mulhalls Schwester verfolgte.

Sie stiegen eine Treppe hinauf. Im obersten Stock des Hauses hatte das Mädchen ein Zimmer am Ende des Ganges. Sie stieß die Tür auf und ließ Lassiter vorgehen. Sie blickte noch einmal den Gang hinunter, bevor sie die Tür ins Schloß drückte und den Schlüssel umdrehte.

Das Zimmer war klein und nur mit Bett, Spind, einem Tisch und zwei Stühlen möbliert.

Lassiter ging ans Fenster und spähte hinaus. Ein paar Männer ritten aus einem Torweg und die Main Street hinab zur Rampe, die zum Missouri hinunterführte.

Er hatte ihre Schritte nicht gehört, spürte aber plötzlich ihre Nähe. Er drehte sich um.

Sie war einen Kopf kleiner als er. Das enge Kleid aus Wildleder betonte die aufregenden Formen ihres schlanken Körpers. Es sah aus, als ob sie darunter nichts trüge. Deutlich zeichneten sich große Brustwarzen unter dem Leder ab.

Ihr schönes Gesicht war ernst. »Ich habe dich noch nie gesehen«? sagte sie. »Wie heißt du?«

Lassiter antwortete nicht gleich. Konnte er ihr trauen? Er hatte keine andere Wahl. Sie hatte ihm mit ihrer Lüge das Leben gerettet.

»Lassiter«, sagte er.

Sie lächelte wieder.

»Ich bin froh, daß Jack vernünftig war und nicht selbst nach Flat Creek gekommen ist, Lassiter. Sein Leben ist für unsere Sache zu wertvoll, als daß er es leichtsinnig und meinetwegen aufs Spiel setzt.« Sie blickte an ihm vorbei auf die Straße. »Was wollen die Männer bei den Schiffen?«

»Heute abend wird der Fluß vom Regen des vergangenen Tages anschwellen. Sie wollen versuchen, eines der Schiffe über die Klippen zu bringen.«

In ihren schwarzen Augen blitzte es auf.

»Jack wartet in den Bear Paws, nicht wahr?«

Lassiter nicke. Er wollte noch etwas sagen, aber in diesem Augenblick klopfte es an der Tür.

Der Kopf des Mädchens ruckte herum.

»Wer ist da?«

»Coogan«, ertönte die Stimme des Dandys. »Mulhall, du sollst zum Boß herunterkommen. Er will mit dir zur ›Missouri Belle‹ hinunter.«

Lassiter legte die Hand auf die schmale Schulter des Mädchens und beugte sich zu ihrem Ohr hinab.

»Jack hat mir nicht einmal gesagt, wie du heißt«, murmelte er.

Mißtrauen war auf einmal in ihren großen schwarzen Augen.

»Judith«, erwiderte sie leise.

Er ging auf die Tür zu, drehte den Schlüssel und zog sie auf.

Der Dandy trat einen Schritt zurück. Gier war in dem Blick, den er zu Judith Mulhall ins Zimmer warf.

»Ich bin bald zurück, Judith«, sagte Lassiter über die Schulter, bevor er die Tür hinter sich ins Schloß drückte. Dann musterte er den Dandy kalt.

»Kommst du nicht mit, Coogan?«

»Nein. Du wirst den Weg zum Fluß allein finden, oder?«

Lassiters Hand zuckte vor und verkrallte sich im blütenweißen Hemd des Dandys. Coogans Gesicht lief rot an.

»Ich hab' deine geilen Blicke gesehen und kenne

deine schmutzigen Gedanken, Coogan«, zischte Lassiter. »Wenn du sie auch nur berührst, schieße ich dir eine Kugel in den Schädel, verstanden?« Er gab dem Dandy einen Stoß. Coogan prallte gegen die Wand. Haß sprühte in seinen hellen Pupillen. Er antwortete jedoch nichts. Mit einer heftigen Bewegung drehte er sich um und ging davon.

Lassiter starrte ihm nach.

Das Mißtrauen in Judiths Augen gab ihm zu denken. Verdammt, er hätte sie vielleicht nicht nach ihrem Namen fragen sollen. Andererseits mußte er ihn wissen, um sich Matt Salinger gegenüber nicht zu verraten.

Er blickte noch eine Weile auf die geschlossene Tür. Im Zimmer rührte sich nichts.

Lassiter ging zur Treppe.

Er hoffte, daß sich die Prophezeiung des Fährmanns als falsch erwies. Wenn die ›Missouri Belle‹ die Klippen nicht überwinden konnte, hatte er eine Menge Zeit gewonnen, die er nutzen konnte, nach Salingers geheimem Waffendepot zu forschen.

4

Die Flutwelle kam bei Einbruch der Nacht.

Lassiter hatte schon gehofft, daß sie ausbleiben würde, doch dann hing plötzlich ein eigenartiges Brausen in der Luft, das sich von Sekunde zu Sekunde verstärkte.

Nicht nur die ›Missouri Belle‹ war bis dicht an die Klippen herangefahren und manövrierte vor der schmalen Fahrrinne, die am wenigsten Gefahr versprach.

Matt Salinger wollte die Chance nutzen, zwei weitere Schiffe über die Klippen zu bringen.

Die Heckschaufelraddampfer standen unter vollem Dampf. Flammen schlugen aus den hohen Schornsteinen und wurden vom dunklen Wasser des Flusses reflektiert.

»Das Wasser kommt!« brüllte der Rudergänger der ›Missouri Belle‹.

Lassiter war nicht an Bord. Er befand sich auf dem Steilufer über den Klippen, die bleich aus dem Wasser ragten. Neben ihm standen Matt Salinger und drei seiner Revolvermänner. Ihre Gesichter waren angespannt.

Für Salinger schien eine Menge auf dem Spiel zu stehen. Lassiter sah, wie er sich vor Erregung auf die Unterlippe biß.

Die ›Missouri Belle‹ schob sich in die Fahrrinne.

Dann war die Flutwelle heran.

Sie schob sich förmlich unter die flachen Rümpfe der Schiffe und hob sie an. Jemand betätigte an Bord der ›Missouri Belle‹ die Dampfpfeife. Das schrille Geräusch übertönte die rauhe Stimme des Kapitäns, der Befehle brüllte.

Die ›Missouri Belle‹ wurde von der Welle auf die Klippen zugetragen.

Matt Salinger stieß einen keuchenden Laut aus.

Es schien, als würde der Rumpf des Schiffes von den Klippen aufgespießt. Die ›Missouri Belle‹ drehte sich leicht in der mächtigen Strömung. Das Schaufelrad am Heck schien auf einmal in der Luft zu drehen, als sich das Schiff nach vorn neigte, als wolle es seinen Bug in den Grund bohren.

Lassiter betete, daß die ›Missouri Belle‹ an den Klippen hängenbleiben würde. Dann sah er, daß sich das Schiff wieder aufrichtete. Es war an den Klippen vorbei. Weißer Dampf zischte aus den Pfeifen, die den Triumph der Mannschaft in den Nachthimmel schrillten. Matt Salinger brüllte vor Freude und schwenkte seinen Hut. Doch Sekunden später blieb ihm der Schrei in der Kehle stecken.

Das zweite Schiff lag in der Fahrrinne und trieb auf die Klippen zu. Wieder hob sich das Heck mit dem Schaufelrad.

Ein dumpfes Krachen und Bersten schallte zum Steilufer herauf. Das Schiff neigte sich zur Seite. Männer hechteten voller Panik von Bord und tauchten in das gischtende Wasser zwischen den Klippen.

Wie von der Faust eines Titanen wurde das Schiff herumgerissen. Berstend knickten die schwarzen Schornsteine weg. Das Ruderhaus fiel förmlich in sich zusammen. Flammen schossen aus den Stümpfen der Schornsteine. In Sekundenschnelle fingen die Aufbauten Feuer.

»Zurück!« brüllte Matt Salinger und gestikulierte wild. Doch in dem Chaos dort unten sah und hörte ihn niemand. Das Dampfschiff wurde zwischen den Klippen zu einem Wrack.

Männer wurden von der Flut durch die Flußschnellen getrieben und weiter unten von der Besatzung der beigedrehten ›Missouri Belle‹ aus dem Wasser gefischt.

Der Kapitän des dritten Schiffes hatte erkannt, daß es Selbstmord war, an dem zerstörten Dampfer vorbei die Durchfahrt zu riskieren. Er drehte sein Schiff und fuhr ein Stück flußaufwärts aus der Gefahrenzone.

Lassiter zuckte zusammen, als eine mächtige Detonation über den Fluß donnerte. Eine riesige Stichflamme fauchte aus dem Wrack zwischen den Klippen. Eisenteile und Holzsplitter wurden Hunderte von Fuß in den dunklen Himmel geschleudert.

Die Kessel des Flußschiffes waren explodiert. Das gab dem Wrack den Rest. Der Rumpf barst auseinander. Der Bugteil sackte ab, verfing sich und blieb verkeilt mitten in der Fahrrinne hängen. Es krachte noch ein paarmal ohrenbetäubend, dann wurde es still.

Lassiter blickte Matt Salinger an.

Der massige Mann hatte alle Farbe aus dem Gesicht verloren. Er starrte hinab auf den Fluß. Ein Fluch drang über seine Lippen. Sein Blick traf Lassiter. Vorwurf blitzte in den grauen Augen, aber er sprach ihn nicht aus.

Dann wandte er sich an einen seiner Männer.

»Grodin, du sorgst dafür, daß das Wrack gesprengt wird, bevor es nicht mehr zu bewegen ist.«

Er drehte sich um, ohne die Antwort des Mannes abzuwarten, und ging auf die Häuser zu, die bis dicht ans Steilufer reichten.

Lassiter war mit ein paar ausgreifenden Schritten an Salingers Seite.

»Wenigstens die ›Missouri Belle‹ hat es geschafft, Salinger«, sagte er.

»Okay, das ist das einzige, was Sie interessiert, Mulhall«, erwiderte Salinger gepreßt. »Wir sprechen morgen früh über alles Weitere. Aber nun halten Sie das Maul, bevor Sie mich so wütend machen, daß ich die Beherrschung verliere!«

Er verschwand in einem schmalen Gang zwischen den Häusern und stampfte wütend auf die Main Street zu.

Lassiter folgte ihm gemächlich.

Er hatte Zeit gewonnen. Ein Lächeln umspielte seine Lippen. Er dachte an die Abteilung Soldaten unter der Führung Lieutenant Johnnie Duros, die irgendwo jenseits des Flusses in den Bear Paw Mountains kampierte und dafür sorgen sollte, daß ein eventueller Waffentransport die Kanada-Grenze nicht erreichte.

Lassiter war jetzt zuversichtlich, Duros rechtzeitig eine Mitteilung zukommen lassen zu können, bevor die ›Missouri Belle‹ ihre Ladung löschen und Mulhalls Männer sie nach Norden schaffen konnten.

Er leckte sich über die Lippen, als er den SSC-Saloon erreichte und das Gebäude durch eine Seitentür betrat.

Im Moment drohte ihm nur Gefahr von Judith Mulhall.

Er mußte ihr Mißtrauen einschläfern, sonst konnte sie seine ganze Mission in Frage stellen.

Lassiter schloß die Tür hinter sich und lehnte sich dagegen.

Judith Mulhall saß auf der Bettkante. Er konnte ihr Gesicht nicht genau erkennen, denn sie hatte die Kerze auf dem Tisch nicht angezündet. Das Licht von den Häusern an der Main Street reichte nicht aus, um das Zimmer auszuleuchten.

Sie erhob sich.

»Was hatte die Explosion zu bedeuten?« fragte sie kehlig. »Ist die ›Missouri Belle‹ . . .«

»Nein. Sie ist über die Klippen gekommen. Aber Salinger wollte noch zwei weitere Schiffe hinüberbringen. Die ›Princess‹ ist auf die Klippen gelaufen, gekentert und explodiert.«

Sie sagte eine Weile nichts. Lassiter spürte trotz der Dunkelheit, wie sie ihn musterte. Ihr Mißtrauen war immer noch vorhanden.

Er stieß sich von der Tür ab und ging auf sie zu. Judith rührte sich nicht. Einen Schritt vor ihr blieb er stehen. »Jack hat mir nicht gesagt, wie schön du bist«, murmelte er.

»Woher kennt ihr euch?«

»Wir sind uns vor einer Woche zum erstenmal begegnet«, log Lassiter. »Ich hatte einen Job bei der Northern Pacific. Man feuerte mich, weil man mir einen Diebstahl in die Schuhe schob. Ich war auf dem Weg nach Fort Benton, als ich auf Jack traf. Er war ein paar Banditen in die Arme geritten. Sie hatten die beiden Indianer, die bei ihm waren, getötet. Jack hatte schon eine Schlinge um den Hals. Sein Gold hatten die Kerle schon unter sich aufgeteilt.«

Ihr Atem ging schwer. »Du hast Jack gerettet?«

Lassiter zuckte mit den Schultern. »War nichts dabei. Die Kerle waren besoffen.«

»Du hast sie getötet?«

»Ja.«

»Und Jack hat dir das Gold anvertraut?« Wieder war das Mißtrauen deutlich aus ihrer Stimme herauszuhören.

Lassiter lachte leise. »Ich hätte seinem Overo-Pony nur einen Schlag versetzen müssen, dann wäre ich ein reicher Mann gewesen. Warum sollte er das Risiko also nicht eingehen? Er versprach mir, daß es nicht mein Schaden sein würde, wenn ich für ihn nach Flat Creek reite und das Geschäft mit Salinger abwickle.«

»Aber warum hat er dir nicht meinen Namen genannt?«

»Vielleicht hat er es«, sagte Lassiter. »Jack ist keine Schönheit. Vielleicht habe ich nicht richtig hingehört, weil ich glaubte, daß seine Schwester so aussieht wie die meisten Halbblut-Squaws.«

Sie schwieg.

Dann spürte er ihre Hände auf der Brust.

»Findest du mich schöner als weiße Frauen, Lassiter?« flüsterte sie.

Er legte den linken Arm um sie. Seine Hand glitt über ihre Hüfte hinab und preßte sich auf ihr festes Gesäß.

»Der Mann, der nicht den Verstand verliert, wenn er dich sieht, muß erst noch geboren werden«, sagte er heiser.

Seine Worte schienen einen Damm in ihr gebrochen zu haben. Sie preßte die weichen Lippen auf seinen Mund. Er spürte ihre kleine, bewegliche Zunge. Das Blut in seinen Adern floß schneller. Begierde nach diesem weichen, sinnlichen Körper schwemmte seine Bedenken weg, Judith Mulhall unter falschen Voraussetzungen zu etwas zu bewegen, was sie vielleicht niemals getan hätte, wenn sie die Wahrheit gekannt hätte.

Aber gleichzeitig war ihr Vertrauen eine Lebensversicherung für ihn. Jetzt, da auch sie ihn wollte, konnte er sie nicht mehr zurückstoßen, ohne ihr Mißtrauen stärker als zuvor aufflammen zu lassen.

Er öffnete die Knöpfe ihres Kleides. Es rutschte zu Boden. Als er über ihre nackte Haut streichelte, seufzte Judith leise und erregt.

Lassiter trug sie zum Bett. Sie kniete sich darauf und half ihm, sich zu entkleiden. Er war froh über die Dunkelheit im Zimmer. Denn sonst hätte sie gesehen, daß die Haut an seinem Körper längst nicht so dunkel war wie in seinem Gesicht und an seinen Händen.

Ihr Körper fieberte ihm entgegen. Alles an ihr war in Bewegung. Sie stöhnte, als sie seine Erregung spürte, und krallte die Finger in seinen Rücken.

»Nimm mich, Lassiter!« keuchte sie.

Sie zeigte ihm, daß die Liebe für sie kein Buch mit sieben Siegeln war.

Lassiters Blut pulsierte heiß. Ihre Leidenschaft erstickte alle Bedenken in seinem Hirn. Er genoß ihre fordernde Liebe und gab ihr, wonach sie verlangte.

Minutenlang lagen sie später stumm nebeneinander. Er roch den Duft ihres langen Haares, der ihn an die tiefen Wälder der Cypress Hills jenseits der Grenze erinnerte.

Dann lag sie auf ihm und bedeckte sein Gesicht mit Küssen.

»Wann werden wir morgen aufbrechen?« flüsterte sie.

»Ich weiß es nicht. Salinger will mich morgen früh sprechen. Wahrscheinlich wird er mir dann verraten, wo die ›Missouri Belle‹ ihre Ladung löschen wird.«

Judith richtete sich auf.

»Ich denke, Jack hat mit ihm verabredet, daß er die Gewehre am Birch Creek übernehmen will?«

»Er wollte es Salinger überlassen«, murmelte Lassiter. Er befürchtete schon, daß seine Worte Judiths Mißtrauen neue Nahrung gegeben hatten, doch da beugte sie sich schon wieder über ihn und begann mit ihren weichen Lippen ein Spiel, daß ihm den Atem nahm...

Er wußte nicht, wieviel Zeit vergangen war, als sie endlich voneinander ließen. Ihre Körper waren schweißbedeckt.

Sie lachte leise.

»Was ist?« fragte Lassiter.

»Wenn Coogan uns sehen könnte, würden ihm die Augen aus dem Kopf fallen«, kicherte sie. »Du — mein Bruder...«

Lassiter ging nicht darauf ein.

»Dieser Salinger kann den Hals wohl nicht vollkriegen,« murmelte er. »Wo hat der Bastard eigentlich die vielen Gewehre her?«

Sie lachte wieder.

»Er könnte sämtliche Stämme hier im Norden ausrüsten«, erwiderte sie. »Das, was er Jack verkauft hat, ist nur ein kleiner Teil von dem, was er besitzt.«

»Woher weißt du das?«

»Ich hörte, wie er mit Coogan darüber sprach, als er ihm den Befehl gab, Jacks Gewehre auf die ›Missouri Belle‹ zu schaffen.«

»Lagern die Waffen etwa hier in Flat Creek?«

»Nein.«

»Wo denn?«

»Weiß ich nicht. Irgendwo südlich von hier. Ich sah die Wagen, mit denen sie die Gewehre heranschafften, aus Richtung der Berge heranfahren.« Sie richtete sich auf. Ihre vollen Brüste berührten ihn. »Warum willst du das alles wissen?«

Er lachte rauh.

»Vielleicht könnte ich mir von Salingers Kuchen ein Stück abschneiden.«

Sie schüttelte den Kopf. »Laß lieber die Finger davon, Lassiter. Der einzige, der was abschneiden würde, ist Salinger. Und zwar deinen Kopf, wenn er merkt, welche Gedanken hinter deiner Stirn kreisen.«

Lassiter sagte nicht mehr. Er griff nach Judiths festen Schenkeln, und Sekunden später schwammen sie schon wieder auf einer Woge von Lust...

5

Matt Salinger stand mit den Revolvermännern Grodin und Sting Coogan an der Theke. Salingers Gesicht war leicht gerötet. Er sah übermüdet aus.

Lassiter dachte an Kirby Weavers Worte, als er zu den Männern hinüberging. Salinger hatte Sorgen — schwere Sorgen, das war klar. Ein Mann von seinem Kaliber hatte sich sonst mehr in der Gewalt. Wahrscheinlich brauchte er den Alkohol, um nicht ständig an den Niedergang seines Flußimperiums zu denken.

Lassiter ahnte, daß für Salinger das Waffengeschäft die letzte Rettung war. Hier waren Profite bis zu 1.000 Prozent drin. Mit den immensen Summen konnte er seine anderen Verluste auffangen.

Salinger schob Lassiter die Brandy-Flasche hin.

Lassiter schüttelte den Kopf.

»So früh am Morgen haut mich Schnaps um«, sagte er und übersah Grodins verächtliches Grinsen.

Sting Coogan musterte Lassiter mit schmalen Augen. Der Dandy wußte sicher, daß Lassiter die Nacht in Judith Mulhalls Zimmer verbracht hatte. Der Gedanke, daß Bruder und Schwester in einem Bett geschlafen hatten, beunruhigte ihn offenbar.

»Sie sehen aus, als hätten Sie diese Nacht kein Auge zugetan, Salinger«, sagte Lassiter.

Der massige Mann nickte. »Ich hatte die ganze Nacht auf der ›Missouri Belle‹ zu tun. Sie liegt unter vollem Dampf zum Auslaufen bereit unterhalb der Klippen. Sie warten nur noch auf Sie, Mulhall. Sie werden mitfahren und die Übergabe am Birch Creek überwachen. Es war nicht einfach, die Maultierkarawane an der

Armee vorbei durch die Bear Paws zu schaffen.«

Lassiter hob die Schultern.

»Zu Pferde bin ich genauso schnell, Salinger. Mein Overo-Pony haßt Schiffsfahrten. Ich hab' ziemliche Mühe gehabt, es überhaupt auf die Fähre zu kriegen.«

Matt Salingers Augen verengten sich.

»Über das Pony wollte ich mit Ihnen sowieso reden, Mulhall. Ich gehe ein ziemliches Risiko bei dem Geschäft mit Ihnen ein. Wäre es da nicht recht und billig, mir das Pony als Geschenk zu überlassen?«

Lassiter schüttelte den Kopf. Wenn er das Pony Salinger schenkte, gab es keinen Grund mehr für ihn, nicht an Bord der ›Missouri Belle‹ zu gehen.

»Tut mir leid, Salinger«, sagte er. »Den Hengst kann ich nicht hergeben. Ein solches Tier findet jeder Mann im Leben nur einmal.«

Salingers Gesicht verzerrte sich.

»2.000 Dollar, Mulhall!«

»Nein. Der Hengst ist unbezahlbar.«

Es war still im Saloon.

Das Tropfen eines Wasserhahns hinter der Theke war zu hören.

»Ich habe Ihr Gold, Mulhall«, preßte Salinger nach einer Weile hervor. »Wenn Sie nicht mit Ihrer Schwester an Bord der ›Missouri Belle‹ gehen, könnte es sein, daß das Schiff am Birch Creek vorbeifährt.«

Lassiter lächelte schmal und schüttelte den Kopf.

»Sie sollten mich nicht unterschätzen, Salinger«, erwiderte er kalt. »Wir hängen beide in derselben Schlinge. Ziehen Sie sie zu, und Sie werden merken, wie schnell Ihnen die Luft wegbleibt.«

Wut blitzte in Salingers Augen. Er hieb eine Faust auf die Theke, daß die Gläser zu tanzen begannen. Seine dicken Lippen zitterten, aber er schluckte die Worte hinunter.

Ehe jemand etwas sagen konnte, wurde die Eingangstür des Saloons aufgestoßen.

Lassiter drehte den Kopf.

Er konnte nicht verhindern, daß er heftig zusammenzuckte.

Den Mann, der in den Saloon trat, erkannte er auf den ersten Blick.

Sein Name war Steve Billings. Und er hatte ihn vor etwa vier Monaten bei einem Job für die Brigade Sieben hinter Gitter gebracht. Billings hatte 12 Jahre Leavenworth bekommen. Es war Lassiter ein Rätsel, daß er schon wieder auf freiem Fuß war.

Billing trat auf die Männer an der Theke zu.

Lassiter stockte der Atem. Würde der Bandit ihn trotz der pechschwarzen Haare und der dunklen, runzligen Haut erkennen? Er setzte den Stetson auf, den er in der Hand gehalten hatte, zog ihn in die Stirn und wandte sich halb ab.

»Der Captain fragt, wann es endlich losgeht, Mr. Salinger«, sagte Billings in die Stille. »Wir können nicht länger warten, wenn wir rechtzeitig am Birch Breek eintreffen wollen.«

Matt Salinger zögerte mit der Antwort. Er drehte den Kopf und starrte Lassiter an, der in den Spiegel hinter der Theke blickte.

»Okay«, sagte er schließlich gepreßt, »der Captain kann ablegen. Mulhall kommt auf dem Landweg zum Birch Creek.«

Aus den Augenwinkeln sah Lassiter, wie Billings nickte. Der Bandit wollte sich schon umdrehen, doch dann verharrte er. Seine Augen wurden groß, und Lassiter wußte, daß es Zeit wurde, zu reagieren.

»Verdammt, der Kerl ist Lassiter!« brüllte Billings und riß seinen Revolver aus dem Holster. »Er arbeitet für das Gesetz, Mr. Salinger!«

Salinger und die beiden Revolvermänner wirbelten herum.

Der Remington in Lassiters Faust zerstörte ihre letzten Zweifel.

Lassiter drückte ab.

Die Kugel traf Billings. Der Bandit jagte eine Kugel vor sich in den Bretterboden und kippte nach vorn.

Sting Coogan und Grodin rissen ihre Revolver heraus. Lassiters zweite Kugel streifte den Dandy am Hals und zerfetzte den weißen Kragen seines Hemdes. Grodin warf sich mit einem kehligen Schrei zur Seite, während er feuerte. Seine Kugel verfehlte Lassiter und klatschte irgendwo in die Wand.

Lassiter war schon an der Tür neben der Theke und hechtete hindurch. Er landete in der Küche, war sofort auf den Beinen und jagte an den beiden vor Entsetzen starren Frauen vorbei.

Salinger brüllte den Befehl, den Stall hinter dem SSC-Gebäude zu umzingeln, um die Flucht des verdammten Spions zu verhindern.

Lassiters Kopfhaut spannte sich.

Er wußte, daß er jetzt viel Glück haben mußte, wenn er Flat Creek lebend verlassen wollte ...

Lassiter hastete geduckt um die nächste Häuserecke. Er fluchte lautlos. Alles war bisher phantastisch gelaufen, und dann mußte dieser verdammte Billings auftauchen!

Überall in Flat Creek war jetzt Lärm. Harte Stimmen gaben Befehle.

Lassiter, der sich keuchend gegen eine Bretterwand preßte, sah, wie Matt Salinger auf dem Vorbau des SSC-Hauses gestikulierte. Sting Coogan, dessen zerfetzter Hemdkragen sich rot gefärbt hatte, und der Revolvermann Grodin standen neben ihm. Grodin schrie, daß sich ein Spion in der Stadt befände.

Lassiter wollte sich zurückziehen. In diesem Augenblick peitschten gedämpfte Schüsse auf. Wie ein Blitz jagte plötzlich das Overo-Pony aus dem dunklen Torweg hervor. Lassiter mußte zweimal hinsehen, ehe er die Gestalt sah, die dicht über der Mähne des ungesattelten Hengstes hing. Schwarzes Haar flatterte.

Der Revolvermann Grodin riß den Arm hoch und wollte auf die flüchtende Judith Mulhall feuern, doch Sting Coogan sprang auf ihn zu und hieb seinen Arm zur Seite.

»Nicht auf das Pferd schießen!« brüllte Matt Salinger gleichzeitig.

Lassiter zog sich zurück. Er war froh, daß Judith Mulhall sofort reagiert hatte. Hatte sie vielleicht gelauscht und mitgekriegt, was Billings gesagt hatte?

Lassiter schüttelte die Gedanken daran ab. Er mußte sich um sich selbst kümmern. Ihm war klar, daß Salinger als erstes das Ufer des Missouri besetzen würde, um zu verhindern, daß der Flüchtende durch den Fluß entkam.

Was konnte er tun? Der Tag war jung. Bis zur Dunkelheit, die ihn hätte retten können, waren es noch mehr als 12 Stunden. Selbst wenn er ein Pferd fand und aus der Stadt zu reiten versuchte, waren seine Chancen verschwindend klein.

Lassiter lief über enge, verschachtelte Höfe und überquerte schmale Gassen. Flat Creek war ohne große Planung aus dem Boden geschossen. Die Holzhäuser standen manchmal kreuz und quer. Die Höfe, die man teilweise mit Schuppen zugebaut hatte, waren verschachtelt.

Er mußte irgendwo zwischen diesen Häusern ein Versteck finden, in dem er sich bis zum Einbruch der Nacht verbergen konnte.

Lassiter gelangte in einen schmalen Gang zwischen zwei Häusern. Eine Tür öffnete sich plötzlich vor ihm. Erschrocken blieb er stehen und starrte die Frau an, die im Türstock stand.

Sie war genauso überrascht wie er.

Schüsse krachten irgendwo in der Stadt. Lassiter sah, wie die Frau zusammenzuckte. Ihre blauen Augen musterten ihn. Sie preßte die Lippen zusammen. Sie wollte sich umdrehen und die Tür hinter sich zuschlagen, doch Lassiters Blick ließ sie zögern.

»Salingers Schießer sind hinter mir her, Ma'am!« sagte er heiser.

Ihre Augen wurden groß. Im ersten Moment dachte Lassiter, einen Fehler begangen zu haben. Denn Flat Creek war Salingers Stadt, und gewiß waren sämtliche Einwohner abhängig von ihm.

Sie drehte den Kopf etwas, ohne den Blick von ihm zu nehmen, und lauschte nach den Geräuschen, die von der Main Street her über die Stadt wehten.

Lassiter nickte. »Das gilt mir. Wenn sie mich erwischen, wird man mich töten.«

Die Frau zögerte noch einen Augenblick, dann nickte sie und trat einen Schritt zur Seite, damit er durch die Tür huschen konnte.

Lassiter atmete auf und drängte sich an ihr vorbei. Es war nicht zu vermeiden, daß er ihre vollen Brüste streifte.

Er schalt sich einen Narren, aber er konnte nichts dagegen tun, daß trotz der Gefahr, in der er sich befand, ein Gefühl des Begehrens in ihm aufstieg.

Er atmete schwer. Schnell sah er sich um. Er befand sich in einer Waschküche. Es roch nach Seifenlauge.

Sein Blick wanderte zurück zu der Frau.

Sie hatte die Hände in einer gestreiften Schürze verkrallt. Ihr blondes Haar war zu einem Knoten aufgesteckt. Die vollen roten Lippen zitterten leicht.

»Ich wollte über den Fluß«, sagte er leise, »aber sie haben das Ufer abgesperrt.«

»Wer — wer sind Sie?« fragte sie erregt.

Lassiter hatte ein starkes Gefühl, daß er dieser Frau vertrauen konnte. Nein, sie würde ihn nicht verraten.

»Ich arbeite für das Gesetz. Mein Auftrag lautet, herauszufinden, ob Salinger etwas mit dem illegalen Waffenhandel über die Grenze zu tun hat«, erwiderte er.

Ihr Kopf ruckte herum.

Auch Lassiter war zusammengezuckt.

Draußen waren Stimmen laut geworden.

»Vielleicht hat er sich irgendwo auf einem Hinterhof versteckt!« brüllte jemand. »Durchsucht alles! Der Boß reißt uns allen den Hintern auf, wenn uns der Kerl durch die Lappen geht!«

Lassiter spürte die kleine Hand der Frau an seinem Arm. »Kommen Sie!« flüsterte sie.

Sie zog ihn durch die Waschküche in einen schmalen Gang. Lassiter sah mehrere Türen. Eine wurde von der Frau geöffnet. Sie nickte, und er trat an ihr vorbei in den Raum.

Gleich hinter der Tür blieb er stehen.
Er stand in einem Schlafzimmer.
Das breite Bett mit dem Baldachin aus dünnem Stoff darüber nahm die Hälfte des Raumes ein.
Die Frau ging auf die Knie nieder und schlug den dicken Läufer zurück, der vor dem Bett lag. Überrascht sah Lassiter die Klappe im Boden.
»Worauf warten Sie?« stieß die Frau hastig hervor.
Lassiter wurde es jetzt doch ziemlich mulmig zumute.
Aber welche Wahl blieb ihm noch?
Salingers Revolvermänner durchkämmten sicher schon die Straßen von Flat Creek. Es war unmöglich, ihnen zu entgehen, wenn er das Haus der Frau jetzt verließ. Er ging neben der Frau in die Hocke. Nirgends war ein Ring zu sehen, an dem er die Klappe hochziehen konnte.
»Haben Sie kein Messer?« fragte die Frau.
Lassiter holte sein Bowiemesser hervor, stieß die Klinge in die Ritze und hebelte die Klappe hoch.
Kalte Luft stieg ihm entgegen.
Draußen waren immer noch Stimmen zu hören. Irgendwo splitterte Holz. Stimmen schrien durcheinander.
Lassiter schüttelte seine letzten Bedenken ab. Nach einem letzten Blick auf die blonde Frau schwang er die Beine in die Öffnung im Boden und ließ sich hinab.
Das Loch war nur etwa drei Fuß tief.
»Legen Sie sich hin!« stieß die Frau schwer atmend hervor. Sie kippte die Klappe. Lassiter blieb keine andere Wahl, als ihr zu gehorchen. Er legte sich hin. Kälte kroch ihm durch die Kleidung. Die Klappe fiel mit einem dumpfen Laut zu. Er hörte das leise Scharren

über sich. Die Frau zog den Läufer wieder über das geheime Versteck.

Die Stimmen draußen wurden lauter. Stiefelabsätze pochten über ihm. Um ihn herum war stockfinstere Nacht. Er hörte, wie die Tür zum Schlafzimmer aufgerissen wurde.

»Tut mir leid, Ma'am«, ertönte die scharfe Stimme eines Mannes, »Aber wir müssen jedes Haus durchsuchen.«

Lassiter hielt dem Atem an. Am Pochen der Schritte hörte er, daß mehrere Männer das Schlafzimmer der Frau durchsuchten. Schranktüren knarrten.

»Hier ist niemand«, sagte eine dunkle Stimme. »Ihr Glück, Mrs. Fulton!«

Die Frau erwiderte nichts. Schritte entfernten sich. Eine Weile waren noch Geräusche zu hören, dann wurde es still im Haus.

Lassiter wartete noch eine halbe Stunde. Warum kam die Frau nicht?

Dann hielt er es in dem muffigen, klammen Versteck nicht mehr aus. Er richtete sich auf und stemmte den Rücken gegen die kleine Falltür. Leicht hob er sie mitsamt dem Läufer an und stieg hinaus. Die Tür des Schlafzimmers wurde aufgestoßen. Die Frau trat ein. Ihre großen Brüste hoben und senkten sich heftig unter schnellen Atemzügen.

Lassiter schloß die Klappe und glättete den Läufer.

»Danke, Ma'am«, murmelte er. »Sie haben mir das Leben gerettet. Ich werde jetzt verschwinden.«

Langsam schüttelte sie den Kopf.

»Sie können jetzt noch nicht gehen«, sagte sie leise. »Die Straßen sind voll von Salingers Schießern.«

»Ich möchte Ihnen keine Unannehmlichkeiten bereiten, Ma'am«, erwiderte er mit belegter Stimme.

Sie schob die Tür leise hinter sich ins Schloß.

Stumm stand sie da und blickte ihn aus ihren großen blauen Augen an.

Lassiter spürte die eigenartige Spannung, die plötzlich zwischen ihnen herrschte, und obwohl er es nicht wollte, trat er auf sie zu.

Sie hob den Kopf etwas an, als sich sein Mund ihren Lippen näherte. Ihre vollen Lippen erzitterten unter der Berührung. Dann öffneten sie sich, und als Lassiter seine Hand auf ihren Rücken legte, drängte sie sich gegen ihn und klammerte die Arme wie eine Ertrinkende um seinen Hals.

6

Sie hatte ihn nicht nach seinem Namen gefragt, und er wußte nicht, wie sie hieß. Ihnen war beiden klar, daß diese Stunden ihre einzigen bleiben würden.

Sie hatte ihm in knappen Worten erzählt, daß Matt Salinger ihren Mann auf dem Gewissen hatte. Ihr Mann war Salingers Geschäftsführer gewesen, und nachdem er von den illegalen Waffengeschäften erfahren hatte, wollte er aussteigen und mit seiner Frau Flat Creek verlassen.

Doch Matt Salinger hatte kein Risiko eingehen wollen. Einen Tag später hatte die Frau ihren Mann hinter dem Haus gefunden – mit einer Kugel im Hinterkopf.

Seither hatte sie zweimal versucht, Flat Creek auf einem von Salingers Flußdampfern zu verlassen. Doch

Salingers Männer hatten sie jedesmal erwischt und zurück in ihr Haus gebracht.

Matt Salinger war bei ihr aufgetaucht und hatte ihr unmißverständlich klargemacht, daß sie beim nächsten Fluchtversuch genau wie ihr Mann enden würde.

Lassiter betrachtete lächelnd ihren schlanken Leib, der mit einem glitzernden Schweißfilm bedeckt war. Zärtlich beugte er sich zu ihr hinab und küßte sie. Ihr blondes, jetzt offenes Haar lag wie ein Kranz um ihr hübsches Gesicht.

»Danke — für alles«, flüsterte er.

Sie antwortete ihm nicht.

Nur langsam klang die Erregung in ihr ab. Er wußte, daß sie lange keinen Mann gehabt hatte. Sie war kein Flittchen. Aber sie war eine Frau. Eine Frau mit einem Körper und mit Gefühlen, die sie nicht ewig verleugnen konnte.

Sie erhob sich langsam.

»Du brauchst mir nicht zu danken«, erwiderte sie leise und wandte den Kopf ab. »Ich hab' es so sehr gebraucht. Du weißt nicht, wie schlimm es ist, so lange allein zu sein.«

Er sah ihr zu, als sie sich ankleidete. Dann sagte sie: »Zieh dich an. Ich werde dich über den Fluß bringen.«

Lassiter schwang die Beine vom Bett. Er schlüpfte in die Unterwäsche und das Hemd und zog dann die Hose an.

»Nein«, sagte er hart. »Du hast genug für mich getan. Ich werde den Weg über den Fluß allein finden.«

Ein Lächeln zauberte einen goldenen Schimmer auf ihr gerötetes Gesicht.

»Willst du an den beleuchteten Schiffen vorbeischwimmen?« fragte sie.

Er zuckte mit den Schultern.

»Ich werde schon eine Stelle finden, an der mich niemand entdeckt.«

»Es sind nur noch zwei Stunden bis Mitternacht. Ich kenne mich am Fluß aus. Ich werde dir eine Stelle zeigen, an der dich Salingers Schießer niemals aufspüren werden.« Ihre Stimme klang entschlossen.

»Wieso steigt der Fluß eigentlich nicht,« fragte er.

»Das weiß niemand«, sagte sie. »Solange ich zurückdenken kann, ist der Missouri im Oktober immer gestiegen. Der alte Jim erzählte, daß es vor 20 Jahren mal ähnlich war und die Klippen im Fluß noch im Oktober zu sehen waren.«

Lassiter nickte.

»Gut«, sagte er. »Ich nehme deine Hilfe an. Aber ich möchte nicht, daß du dein Leben leichtfertig aufs Spiel setzt. Wenn es brenzlig wird, bringst du dich sofort in Sicherheit!«

Sie nickte lächelnd.

»Es wird nicht brenzlig«, sagte sie.

Sie löschte das Licht und ging im Dunkeln zur Tür. Dort griff sie nach Lassiters Arm. Sie zog Lassiter mit sich durch den Flur, auf dem pechschwarze Nacht herrschte.

In der Stadt war es wieder ruhig geworden.

Dennoch war Lassiter überzeugt, daß die Revolvermänner noch immer den Fluß abgeriegelt hatten. Er fragte sich, wie die Frau es schaffen wollte, ihn ungesehen hinüberzubringen.

Sie liefen rasch über die Straße. Die Frau führte Lassiter über dunkle Hinterhöfe bis zu einer schmalen Gasse, deren Boden aufgeweicht war.

Plötzlich blieb sie stehen.

Lassiter sah, wie ihre Hand über die Bretterwand eines Schuppens tastete. Es gab ein kratzendes Geräusch. Sie huschte zwei Schritte weiter. Er konnte nicht genau erkennen, was sie tat, doch auf einmal schob sie eine Tür auf und schlüpfte in den Schuppen hinein.

Lassiter drehte den Kopf.

Er hatte Schritte und leise Stimmen vernommen.

Ein Lichtschein huschte an der Einmündung der schmalen Straße vorbei.

Drei Männer mit Fackeln tauchten am Ende der Straße auf.

»Komm schon!« zischte die Frau im Schuppen.

Lassiter glitt durch die Tür.

Er hörte noch den Schrei des Revolvermannes, dann schlug die Frau keuchend die Tür zu und drehte den Schlüssel im Schloß. Lassiter spürte, daß die Frau zitterte, als sie dicht neben ihm stehenblieb und eine Hand in seinen Arm krallte.

Mit angehaltenem Atem lauschten sie.

Schritte patschten durch den Schlamm der schmalen Straße.

Sie hörten die Stimmen der drei Revolvermänner.

»Verdammt, ich hab' einen Schatten gesehen!« stieß einer von ihnen hervor. »Ich bin doch nicht besoffen!«

»Ich wollte, ich wär's« erwiderte der andere. »Sich die Nacht um die Ohren zu schlagen, während die anderen sich im Saloon vollaufen lassen, das hält doch kein Schwein aus!«

Fäuste schlugen gegen die Bretterwand.

»Hier muß irgendwo eine Tür sein!« sagte die erste Stimme wieder. Hohl klang es wider, als er gegen die Türfüllung donnerte.

Licht fiel durch die Ritzen.

»Hier ist sie!« rief der Revolvermann.

Es gab ein krachendes Geräusch.

Die Frau drängte sich an Lassiter. Er spürte ihre Angst.

Jemand trat von außen gegen die Tür.

»Hör auf!« sagte der andere scharf. »Das ist doch alles Quatsch. Die ganze Stadt ist durchsucht worden. Der Kerl ist niemals mehr in Flat Creek.«

»Mist«, sagte der erste. »Ich hab' wirklich einen Schatten hier verschwinden sehen.«

»Dann geh zu Coogan und mach Meldung«, erwiderte die Stimme des dritten Mannes.

Der erste murmelte etwas, dann entfernten sich die Schritte.

Die Frau in Lassiters Armen schluchzte leise auf. Er streichelte über ihr Haar.

»Erklär mir den Weg«, flüsterte er. »Ich werde ihn auch allein finden.«

Er spürte, wie sie den Kopf schüttelte.

»Komm!« erwiderte sie gepreßt und griff nach seiner Hand.

Sie zog ihn hinter sich her durch den dunklen Schuppen. Plötzlich blieb sie stehen und bückte sich.

»Hier«, flüsterte sie. »Faß den Ring an und heb die Falltür hoch!«

Lassiter ertastete den eisernen Ring und zog daran. Es bewegte sich nichts. Er faßte mit beiden Händen zu und zerrte daran. Mit einem quietschenden Laut hob sich die Tür.

Lassiter keuchte. Er mußte alle Kraft aufwenden, um die Falltür ganz aufzuziehen.

»Du bist stark«, sagte sie leise. »Sonst waren immer

mindestens zwei Männer nötig, um die Tür anzuheben.«

Er sah sie nicht, aber er spürte, daß sie lächelte.

Aus dem Loch unter ihnen stieg ein kalter, modriger Hauch.

Plötzlich waren die Stimmen der Männer vor dem Schuppen wieder da.

»Hier ist es, Coogan«, sagte der Revolvermann, der den Schatten gesehen hatte.

»Einschlagen!« schnarrte die scharfe Stimme des Dandys.

Sekunden später donnerte die Schneide einer Axt durch die Bretter der Schuppentür.

»Rasch, hinunter!« zischte Lassiter. Er spürte die Hand der Frau an seinem Arm. Sie glitt hinab in das kühle Loch und wartete, bis er ihr folgte.

»Schaffst du es, die Tür wieder herunterzulassen?« fragte sie erregt.

Er versuchte es.

Die schwere Eisenplatte hatte ein ungeheures Gewicht. Fast wäre Lassiter auf den glatten Steinstufen ausgeglitten, doch dann hakte sein Stiefel gegen eine Kante, und er konnte im letzten Augenblick verhindern, daß die Eisenplatte herunterdonnerte.

Dann lag sie in ihren Fugen.

Lassiter spürte die Frau neben sich. Er hörte ein leises Klirren.

»Ich habe den Riegel vorgeschoben«, flüsterte sie. »Jetzt können sie die Platte von oben nicht mehr öffnen.«

Schritte waren über ihnen. Dumpf hallte es über ihren Köpfen wider, als Eisen gegen die Eisenplatte schlug.

»Anheben!« brüllte jemand.

Die Frau zog Lassiter über glitschige Holzstufen hinunter. Er mußte höllisch aufpassen, daß er nicht ausglitt. Es war, als wären die Stufen mit Schmierseife bedeckt.

Lassiter ahnte, daß dieser unterirdische Gang direkt zum Fluß führte. Der modrige Geruch und die kalte, klamme Luft ließen darauf schließen.

Er hatte die Stufen nicht mitgezählt, aber es mußten um die 100 gewesen sein.

Die Stimmen über ihnen waren nur noch undeutlich zu hören, dafür war das Rauschen vor ihnen lauter geworden.

Lassiter blieb stehen und hielt die Frau zurück.

»Wie kommt du hier wieder hinaus?« fragte er heiser. »Allein kannst du die Falltür nicht anheben.«

»Es gibt andere Wege«, sagte sie hastig. »Mach dir über mich keine Sorgen.«

Sie hatte gut reden. Er wußte, daß er es sich nie verzeihen würde, wenn ihr etwas geschah. Aber er mußte raus aus Flat Creek, bevor die Sonne aufging. Er hatte Informationen höchster Bedeutung für Colonel Kirby Weaver.

Sie gingen weiter. Wasser plätscherte leise.

»Zieh die Stiefel aus!« flüsterte sie. »Wir müssen durch Wasser waten!«

Er zog die Stiefel aus und band sie an den Schlaufen zusammen. Dann schwang er sie sich über die Schultern. Er tastete nach dem Remington. Es war die einzige Schußwaffe, die er hatte. Vielleicht hätte er die Frau fragen sollen, ob sie irgendwo in ihrem Haus noch ein Gewehr versteckt hatte. Doch dazu war es jetzt zu spät.

Das Wasser war eisig kalt. Es prickelte an der Haut.

Der Boden unter seinen Füßen wurde rauher, das Rauschen lauter.

Die Frau hielt jetzt seine linke Hand fest umklammert.

Ein grauer Lichtschein war vor ihnen.

Lassiter blieb stehen.

Die Frau blickte sich nach ihm um. Er konnte ihre Konturen deutlich erkennen.

»Wir befinden uns gleich unterhalb der Klippen.«

»Ist die Strömung dort nicht zu stark?« fragte er alarmiert.

»Nein. Komm, vertrau mir. Wir sind hier schon bei höherem Wasser über den Fluß gegangen.«

Er schwieg. Ihm blieb nichts anderes übrig, als sich ihr blindlings anzuvertrauen.

Vorsichtig glitten sie weiter.

Leise Stimmen waren über ihnen. Lassiter hatte das Gefühl, als ob sie sich unter einem überhängenden Felsen befänden.

Er spürte, wie die Strömung an seinen Beinen stärker wurde.

Die Frau bewegte sich mit traumwandlerischer Sicherheit. Sie führte ihn an vorstehenden Klippen vorbei und warnte ihn durch Zeichen vor Löchern im felsigen Boden.

Dann duckte sie sich.

Er erkannte vor ihr den Fluß. Die Klippen ragten weiß über die Wasseroberfläche. Weiter flußabwärts sah er die Schemen der Flußschiffe am Ufer. Mehrere helle Feuer loderten am Strand. Gestalten liefen hin und her.

Lassiters Kopf ruckte herum. Er hatte aus den Augenwinkeln das beleuchtete Flußschiff unterhalb der Klippen gesehen.

Die ›Missouri Belle‹!

Sie war also noch nicht losgefahren.

Lassiter stockte der Atem, als er genauer hinschaute. Er glaubte, seinen Augen nicht trauen zu können. Doch es gab keinen Zweifel. Deutlich waren die Umrisse der kleinen Kanonen zu erkennen, die am Bug der ›Missouri Belle‹ standen. Auf dem oberen Deck entdeckte Lassiter Gatling-Maschinenkanonen.

Deshalb hatte Matt Salinger die vergangene Nacht auf der ›Missouri Belle‹ verbracht! Sie hatten das Flußschiff in ein Kanonenboot verwandelt!

Die Frau huschte zu einer Klippe hinüber, blieb in ihrem Schatten hocken und gab ihm ein Zeichen, ihr zu folgen.

Lassiter zögerte nicht.

Die Haare standen ihm zu Berge, als er hinter der Frau von Klippe zu Klippe schlich. Immer wieder warf er einen Blick zu den Männern unterhalb des Steilufers zurück, die im Schein der Feuer deutlich zu erkennen waren. Aber niemand schien ihn und die Frau zu sehen.

Vor ihnen ragte das Wrack des auseinandergerissenen Flußschiffes aus den Fluten.

Die Frau kletterte an Lassiter vorbei an einer Klippe entlang, die am weitesten in den Fluß ragte.

Lassiter wußte, daß der Fluß hier zur Zeit nur eine Wasserhöhe von etwa zwei Fuß hatte. Dennoch war die Strömung beachtlich.

Er wollte die Frau zurückhalten, als sie sich von der Klippe abstieß, doch mit unglaublicher Leichtigkeit wurde sie von der Strömung zu der gegenüberliegenden Klippe getragen. Sie kauerte sich sofort wieder nieder und winkte ihm, es ihr nachzutun.

Lassiter sah, daß ihr Kleid völlig durchnäßt war. Es klebte ihr am Körper und ließ ihre vollen, festen Brüste plastisch hervortreten.

Er dachte an seinen Remington, nahm ihn aus dem Holster und steckte ihn in einen der Stiefel, die er über der Schulter trug. Noch einmal dachte er daran, wie die Frau sich bewegt hatte, dann stieß auch er sich ab.

Es war, als würde er getragen. Ehe er sich versah, befand er sich neben der Frau. Die Stiefel waren nicht einmal naß geworden.

»Der Rest ist einfach!« flüsterte sie. »Zwischen den Klippen haben sich entwurzelte Bäume und anderes Zeug verfangen. Wenn wir uns nicht unsichtbar machen müßten, könnten wir trockenen Fußes hinübergelangen.«

Er blickte lächelnd auf ihr nasses Kleid.

»Das ist nicht mehr nötig«, sagte er leise.

Sie wurde rot und drehte sich schnell um.

Sie bewegte sich geschmeidig wie eine Raubkatze. Nicht ein einziges Mal glitt sie aus. Mit traumwandlerischer Sicherheit fand sie Halt für ihre Füße. Als wenn sie sich ihr Leben lang auf diesen Klippen aufgehalten hätte.

Dann hatten sie das gegenüberliegende Ufer erreicht.

Sie warfen sich zu Boden, als Hufschlag aufklang.

Ein halbes Dutzend Reiter preschte an ihnen vorüber.

Sie warteten noch ein paar Sekunden, dann erhob sich die Frau und nahm ihn wieder bei der Hand.

Er hielt sie zurück. »Du solltest wieder über den Fluß gehen, solange es noch dunkel ist!« zischte er.

Sie schüttelte lächelnd den Kopf.

»Das würde ich nicht mehr schaffen«, erwiderte sie

leise. »Ich bringe dich zu Slaughters Haus. Dort wirst du ein Pferd finden.«

»Und du?«

Sie zuckte mit den Schultern.

»Salingers Männer werden mir nichts tun«, sagt sie gleichmütig.

Er glaubte ihr nicht. Doch dann dachte er an seinen Auftrag, und daran, daß Colonel Kirby Weaver verhindern mußte, daß die Gewehre zu den Metis gelangten.

Sie liefen im Schutz der niedrigen Büsche flußaufwärts.

Sie warteten, bis der Reitertrupp zurückgekehrt war, dann überquerten sie geduckt ein freies Feld und warfen sich keuchend zwischen die ersten Bäume. Auf allen vieren krochen sie in das niedrige Unterholz.

»Wo ist Slaughters Haus?« fragte Lassiter schwer atmend.

Sie wies nach Norden.

Als er sich erhob, war sie sofort neben ihm.

Er schüttelte den Kopf.

»Du bleibst hier!« sagte er hart. »Du hast genug für mich getan. Ich möchte nicht, daß Salinger dir nachweisen kann, daß du mir bei der Flucht geholfen hast.«

»Das wird er aber annehmen, wenn man mich hier aufgreift«, erwiderte sie. »In Slaughters Haus kann ich mich tagsüber verbergen und nachts zurück über den Fluß gehen. Bis dahin wird sich die Aufregung gelegt haben.«

Sie hatte recht. Ihr Lächeln wärmte ihm das Herz, als sie wieder seine Hand nahm und ihn in den Wald hineinzog.

Sie liefen eine Viertelstunde, dann war der Wald zu Ende.

Slaughters Haus lag vor ihnen. Es war eine ziemlich große Farm, die aus einem Wohnhaus und drei Schuppen bestand.

Vor dem Wohnhaus waren sechs gesattelte Pferde angebunden. Sie wurden von einem Mann bewacht.

Die Frau stieß einen leisen Schrei aus.

Lassiter legte ihr rasch die Hand auf den Mund.

Sie preßte sich an ihn, als er Anstalten traf, zum Schuppen hinüberzulaufen.

»Nein!« stieß sie hervor. »Sie werden dich entdecken und dich töten!«

Er nahm ihr Gesicht in beide Hände und küßte sie.

»Jetzt ist es genug«, flüsterte er. »Du verbirgst dich hier, bis die Reiter weg sind. Dann gehst du ins Haus, wenn du glaubst, daß du dort sicher bist. Ab jetzt werde ich mich allein zurechtfinden.«

Er küßte sie noch einmal. »Danke«, sagte er leise, dann löste er sich von ihr und zog sich die Stiefel an. Den Remington stieß er ins Holster.

Er drehte sich nicht mehr zu der Frau um, als er zum Schuppen lief und sich von dort aus näher an den Mann bei den Pferden heranschlich. Er hoffte, daß die Frau vernünftig genug war, sich ruhig zu verhalten.

Er wollte schon zum Wohnhaus hinübergehen, als fünf Revolverschwinger aus dem Haus traten. Einer von ihnen war Grodin. Lassiter sah, wie er etwas zu einem alten Mann sagte, der in der Tür des Hauses stand.

Plötzlich schrie einer der Kerle auf und wies zum Wald hinüber. Die anderen starrten in die angegebene Richtung.

»Auf die Pferde!« brüllte Grodin. Er riß dem Mann bei den Pferden die Zügel eines Fuchses aus den Händen und war mit einem geschmeidigen Satz im Sattel.

Die anderen beeilten sich, seinem Beispiel zu folgen, und jagten hinter ihm her auf den Waldrand zu.

Lassiter preßte die Lippen aufeinander.

Das hatte er vermeiden wollen.

Aber die Frau hatte sich wahrscheinlich mit voller Absicht den Revolvermännern gezeigt, um sie von ihm, Lassiter, abzulenken.

Er wartete nicht länger.

Der alte Mann war auf die Veranda getreten.

Lassiter riß seinen Remington hervor und rief leise: »Kommen Sie her, Mann!«

Der Kopf des Alten ruckte herum. In seinen grauen Augen war keine Angst. Er blickte noch einmal hinter Salingers Schießern her, dann rief er leise: »Hinter Ihnen im Stall, Mister! Beeilen Sie sich! Der Sattel liegt neben der Box!«

Lassiter zögerte nur Sekunden, dann huschte er auf den Schuppen zu und zog das Schiebetor auf.

Der Geruch nach Pferdeurin schlug ihm entgegen. Im schwachen Licht, das von draußen hereinfiel, sah er einen grauen Hengst in der Box stehen. Er lief hinüber und löste den Balken vor der Box.

Das Halfter lag auf der Boxenwand.

Mit geschickten Bewegungen, die ihm in Fleisch und Blut übergegangen waren, legte er dem Hengst das Halfter an.

Der Sattel lag wirklich neben der Box. Lassiter nahm sich die Zeit, die Satteldecke sorgfältig glattzustreichen, dann schwang er den Sattel auf den Rücken des Grauen und zog den Sattelgurt fest. Das Trommeln der Pferdehufe war draußen verklungen.

Lassiter hörte das Gebrüll der Männer am Waldrand.

Er zerrte den Grauen aus dem Stall und war mit einem Satz im Sattel. Der Alte war von der Veranda verschwunden, die Tür zum Haus geschlossen.

Lassiter zerrte das Pferd herum.

Seine Augen weiteten sich, als er den hellen Fleck zwischen den Bäumen am Waldrand sah.

Ein Schatten war plötzlich davor, und er hörte den Schrei eines der Revolvermänner.

»Ich habe sie, Grodin!«

Lassiter preßte die Lippen hart aufeinander.

Er konnte ihr nicht helfen.

Seine Mission war wichtiger, denn von ihr hing vielleicht das Leben unzähliger Soldaten ab.

Mit einem gepreßten Schrei riß er den grauen Hengst herum und jagte nach Norden davon.

Ein Schuß peitschte hinter ihm auf.

Er drehte den Kopf und sah, daß die Revolvermänner ihn entdeckt hatten.

Tief beugte er sich über die Mähne des grauen Hengstes, dessen Hufe kaum den Boden zu berühren schienen.

Jetzt ging es um Leben und Tod! Er konnte nur hoffen, daß der graue Hengst so gut war, wie er ihn nach dem ersten Augenschein eingeschätzt hatte.

7

Sie grinsten sich gegenseitig an.

Johnnie Duro hob die Faust mit nach oben gestrecktem Daumen.

Lassiter nickte zu ihm hinüber. Die blaue Uniform des Lieutenants war durch die dichten Büsche kaum zu erkennen.

Im Morgengrauen war Lassiter auf das Lager der Soldaten getroffen. Lieutenant Duro hatte in der Nähe des Flusses kampiert. Einen Mann hatte er abkommandiert, den Fluß die Nacht über unter Beobachtung zu halten. Und der hatte nichts gesehen. Dabei war Lassiter überzeugt, daß die ›Missouri Belle‹ diese Stelle schon passiert hatte.

Von Johnnie Duro hatte Lassiter erfahren, daß Major Cyrus Elmdale den Auftrag erhalten hatte, den Waffentransport vor dem Milk River abzufangen, wenn Lassiters Mission scheiterte.

Duro kannte Elmdales Ehrgeiz, und er sprach die Vermutung aus, daß der Major versuchen würde, ihm und Lassiter zuvorzukommen, um die Lorbeeren für sich in Anspruch zu nehmen.

Lassiter war das gleichgültig. Hauptsache, die Gewehre gelangten nicht in die Hände der Metis.

Wichtiger als diese Ladung war es, das geheime Waffenlager Salingers ausfindig zu machen und dem Mann ein für allemal das Handwerk zu legen.

Lassiter und Johnnie Duro waren sofort aufgebrochen und in der Nähe des Flußlaufes nach Osten auf den Birch Creek zugeritten. Während des Rittes hatte Lassiter an die beiden Frauen denken müssen, die er in Flat Creek kennengelernt hatte.

Er sah immer wieder die zwei Szenen: Judith Mulhall tief über die Mähne des Overo-Ponys gebeugt — und die blonde Frau, die Salingers Banditen in die Arme gelaufen war, um Lassiter die Flucht zu ermöglichen. Lassiter konnte nur hoffen, daß Judith Mulhall nicht eingefangen worden war und Matt Salinger die blonde Frau nicht tötete. Am frühen Abend hatte ein Späher die ›Missouri Belle‹, entdeckt. Sie war während des Tages in einer unübersichtlichen Flußbiegung vor Anker gegangen. Wahrscheinlich hatte der Kapitän den Befehl, trotz des gefährlich niedrigen Wasserstandes nur nachts zu fahren.

Jetzt lagen Johnnie Duro und Lassiter zwischen dichtem Buschwerk am erhöhten Ufer des Missouri und spähten zum Fluß hinab.

Matt Salingers Männer hatten die ›Missouri Belle‹ phantastisch getarnt. Den grau schwarzen Anstrich hatten sie dem Boot erst gegeben, nachdem sie den Fluß hinabgefahren waren.

Ein großes Netz war über dem ganzen Boot ausgebreitet. Den Schornstein hatten sie umgeklappt. Das Ruderhäuschen ragte über die mit Kisten verbarrikadierten Aufbauten hinaus.

Lassiter blickte zum Himmel, der sich im Westen rötlich färbte. Die Sonne neigte sich dem Horizont zu.

Bald würde die ›Missouri Belle‹ wieder ankerauf gehen und den Missouri weiter hinabfahren. Bis zum Birch Creek, wo eine Maultierkarawane die Gewehre übernehmen sollte. Lassiter war entschlossen, die ›Missouri Belle‹ schon vorher abzufangen.

Er preßte die Lippen zusammen, als er die drei Kanonen an Bug, Backbord und Heck sah. Dazu die Gatling Guns auf dem oberen Deck. Die ›Missouri Belle‹ war wie eine Festung.

Vorsichtig zog er sich zurück und gab auch Johnnie Duro ein Zeichen. Sie glitten durch die Büsche.

Johnnie Duro grinste ihn an, als sie sich bei den Pferden traten.

Der Junge ritt einen struppigen Hengst, den er einem Comanchen geklaut hatte, wie er behauptete. Nach dem Aussehen konnte das stimmen.

Lassiter hatte auf dem Herritt bereits gespürt, welche Qualitäten dieses kleine Tier aufwies.

Sein Grauer war ein ausgezeichneter Renner, aber das Indianerpony blieb kein einzigesmal zurück, wenn Lassiter das Tempo verstärkt hatte.

»Von wegen kein Dampfschiff auf dem Missouri«, knurrte der Lieutenant. »Dieser verdammte Howie Russ hat entweder gepennt oder Kartoffeln auf den Augen. So etwas hätten bei uns in Texas die Comanchen zum Frühstück verspeist.«

»Nicht jeder kann ein Texaner sein«, sagte Lassiter grinsend.

»Ganz bestimmt nicht!« Johnnie Duro sprach im Brustton der Überzeugung. »Und Major Elmdale ist auch keiner. Hoffentlich hat er nicht schon kehrtgemacht und ist mit seiner Abteilung nach Fort Assiniboine zurückgeritten.«

Lassiter erwiderte nichts.

Ihm gefiel nicht, daß der ehrgeizige Major ebenfalls in den Bear Paw Mountains herumstreifte.

Elmdale sollte sich zwar hervorragend mit Geschützen auskennen, aber das hätten Duros Artilleristen auch ohne ihn geschafft.

Lassiter schwang sich in den Sattel und trieb den Grauen nach Osten.

Johnnie Duro war sofort an seiner Seite.

»Tyler's Bluff wäre die richtige Stellung für unsere Geschütze!« rief er durch den Hufschlag der beiden Pferde.

Lassiter nickte.

Der Lieutenant hatte seinen Männern bereits Befehl gegeben, die Geschütze nach Tyler's Bluff zu bringen. Er hatte Lassiter noch nichts davon gesagt.

Sergeant Finnegan hatte die Geschütze bereits in Stellung gebracht, als sie Tyler's Bluff erreichten.

Lassiter schaute von der Anhöhe aus über den Missouri, der sich hier in einer Biegung verengte. Die Strömung war stärker als anderswo, und die ›Missouri Belle‹ würde unter vollem Dampf fahren müssen, um Tyler's Bluff zu passieren.

Lassiter starrte hinüber zum anderen Ufer und zuckte plötzlich zusammen.

Er glaubte, seinen Augen nicht zu trauen, als er dort drüben etwas Blaues zwischen den hohen Uferbüschen leuchten sah.

Es gab keinen Zweifel. Es waren Uniformen.

Und das bedeutete, daß Major Cyrus Elmdale trotz eines anderslautenden Befehls den Missouri überquert und am südlichen Ufer mit seinen Geschützen Stellung bezogen hatte.

Johnnie Duro war auf einmal neben Lassiter. Das Gesicht des Lieutenants war bleich.

»Dieser verdammte Bastard!« stieß er hervor.

Lassiter zuckte mit den Schultern.

»Es ist nicht mehr zu ändern, Lieutenant«, sagte er rauh. »Vielleicht ist es sogar besser so. Wenn die ›Missouri Belle‹ auftaucht, können wir sie in die Zange nehmen.«

Drüben war das Ufer flacher, und bis zum Wasser breitete sich eine Sandbank aus, die eine Breite von mehr als 50 Yards hatte.

Lassiter wußte, das das schwer bewaffnete Flußschiff kaum durch Geschützfeuer zu vernichten war.

Er hoffte jedoch, daß der überraschende Angriff die Männer auf der ›Missouri Belle‹ zu einem Navigationsfehler verleiten würde und sie ihr Boot in der schmalen Fahrrinne nicht würden halten können. Wenn die ›Missouri Belle‹ erst einmal auf Grund gelaufen war, hatte die Besatzung keine Chance mehr.

8

Wie Blitze zuckten die Mündungsfeuer der Geschütze durch die Nacht. Das schrille Geräusch, mit dem die Granaten auf den Decks der ›Missouri Belle‹ detonierten, schmerzte in Lassiters Ohren noch mehr als das Krachen der Kanonen.

»Haltet auf die Wasserlinie!« brüllte er durch den Lärm.

Ein Kanonier senkte den Kopf und sagte zu seinem Kameraden: »Der hat gut reden. Das Ding ist kaum zu erkennen, und wir sollen den Fahnenstangenknopf herunterschießen!«

Lassiter hatte die Worte verstanden, aber er sagte nichts. Der Mann hatte recht.

Der Himmel war bewölkt. Nur im Mündungslicht der Kanonen waren die schemenhaften Umrisse der ›Missouri Belle‹ von hier aus zu erkennen.

Drüben bei Major Elmdales Stellung krachten die Geschütze ununterbrochen. Die meisten Granaten verfehlten das Flußschiff.

Lassiter sah es an den weißen Wasserfontänen, die auf dem Fluß in den Himmel schossen.

»Sie drehen!« brüllte Johnnie Duro neben ihm.

Lassiter starrte hinunter. Er konnte nichts erkennen. Der Junge mußte die Augen einer Eule haben.

»Sind Sie sicher, Lieutenant?« fragte er.

»Klar, Lassiter!« rief Duro. »Wir sollten ihnen mächtig Zunder geben, damit sie auf die Sandbank auflaufen! Aber dazu müßte Major Elmdale sein Feuer einstellen!«

Er gab sofort den Befehl, zu Elmdale zu signalisieren, daß er das Feuer einstellen solle.

Ein Mann, der sich außerhalb des Sichtkreises der ›Missouri Belle‹ befand, gab Lichtsignale zum anderen Ufer.

Sie wurden nicht beantwortet. Das Donnern von Elmdales Geschützen ging ununterbrochen weiter.

Lassiter fluchte lauthals.

Die ›Missouri Belle‹ blieb in der Fahrrinne, und jetzt erkannte Lassiter, daß das Wenden nur ein Scheinmanöver gewesen war.

Lassiter schrie Finnegan zu, daß er schießen solle, was die Kanonen hergaben. Salingers Männer waren im Augenblick voll mit ihrem Manöver beschäftigt. Vielleicht gab es einen Treffer, der ihre Ruderanlage beschädigte oder sie sonst in ihrer Manövrierfähigkeit beeinträchtigte.

Dann verstummte das Krachen der Kanonen auf dem anderen Ufer.

Viel zu spät! dachte Lassiter erzürnt.

Die ›Missouri Belle‹ war bereits von der Strömung erfaßt worden und nahm die Fahrt auf.

Lassiter starrte hinunter zu der Sandbank.

Zuerst hatte er geglaubt, daß er sich getäuscht hatte, doch nun hörte er das Geschrei, das von dort unten zu ihm heraufdrang.

Schatten huschten über die helle Sandbank.

»Er ist verrückt!« zischte Johnnie Duro neben Lassiter.

Lassiter war wie erstarrt.

Das durfte nicht wahr sein!

Major Elmdale mußte seinen Leuten den Befehl gegeben haben, die ›Missouri Belle‹ über die Sandbank anzugreifen!

Die Galing Guns auf der ›Missouri Belle‹ begannen zu tacken. Kleine Mündungsblitze erhellten die Dunkelheit.

Lassiter brüllte: »Zurück!« Aber durch den Lärm der Schüsse war er dort unten nicht zu hören.

Das Geschützfeuer aus Finnegans Kanonen war auf einen Wink des Lieutenants eingestellt worden.

Verbissen starrten die Männer zur Sandbank hinunter und warteten atemlos auf das Schreckliche, das unabänderlich war.

Die ersten Männer hatten das Wasser des Missouri erreicht und knieten nieder, um auf die ›Missouri Belle‹ zu schießen.

Im grellen Schein eines rötlichen Blitzes quoll weißer Rauch über der ›Missouri Belle‹ hervor. Sekunden später donnerte eine zweite Kanone auf.

Die Granaten schlugen mitten zwischen den Männern auf der Sankbank ein.

Einige der Soldaten an Lassiters Seite stöhnten auf, ein anderer verfluchte Major Elmdale, der diesen unsinnigen Angriffsbefehl gegeben hatte.

Wieder dröhnten die Kanonen der ›Missouri Belle‹.

Die ersten Soldaten machten kehrt und rannten zurück.

Die ›Missouri Belle‹ wurde von der Strömung flußab getrieben. Schwarzer Rauch quoll aus ihren Schornsteinen. Eine Minute später war sie hinter der Biegung verschwunden.

Lassiter war im Moment keines Wortes fähig.

Was dort unten geschehen war, konnte man als Mord bezeichnen.

Major Elmdale mußte den Verstand verloren haben, die mit Kanonen bewaffnete ›Missouri Belle‹ mit Gewehren angreifen zu lassen.

»Dieser verrückte Hund!« stieß Johnnie Duro hervor.

Lassiter blicke ihn von der Seite an, und er sah, daß der Lieutenant Tränen in den Augen hatte.

Sie hatten sich nicht um Elmdale kümmern können.

Lieutenant Duro hatte ein paar Männer in die Sättel ihrer Pferde getrieben und war mit ihnen in einem Gewaltritt zehn Meilen nach Osten gejagt.

Er wollte die ›Missouri Belle‹ nicht bis zum Birch Creek gelangen lassen.

Lassiter ritt neben ihm, aber sie wechselten kein Wort. Das Gesicht des Lieutenants war verkniffen, und als der Morgen graute und Lassiter die ersten Bäume, die sie gefällt hatten, zum Fluß schleifen ließ, da sah er, daß Johnnie Duros sonst so braungebranntes Gesicht bleich wie der Tod war.

Sie waren zusammen nur 14 Mann.

Die Kanoniere von der Artillerie hatte Lieutenant Duro zurückgelassen.

Duro überließ Sergeant Morris den Befehl. Morris

wußte am besten, welche Bäume gefällt werden mußten und wo sie sie den Steilhang hinunter in den Fluß gleiten lassen sollten.

Die Frage war, ob die ›Missouri Belle‹ sich im Schutze der Nacht nur ein paar Meilen den Fluß hinab in Sicherheit gebracht hatte, um sich den Tag über zu verbergen und in der nächsten Nacht die Fahrt fortzusetzen, oder ob sie auch bei Tage weitergefahren war.

Sergeant Morris hatte die ersten Baumstämme bereits ins Wasser hinabgelassen.

Sie hatten sich eine Stelle ausgesucht, an der der Fluß eine Schleife machte und sich die Fahrrinne auf zwanzig Yards verschmälerte.

Der erste Baum wurde sofort abgetrieben. Gurgelnd riß die Strömung die verzweigte Krone des Baumes unter Wasser.

Moris stand neben Lassiter und fluchte, als er sah, daß sich die Äste nirgendwo verfingen. Wenig später schoß der Stamm wie ein Speer aus der gischtenden Wasseroberfläche hervor und klatschte wieder nieder. Doch der Baum trieb ab.

Sergeant Morris schrie seine Befehle. Diesmal wollte er zwei Stämme gleichzeitig den Hang hinabrutschen lassen, und zwar so, daß sich die Äste der beiden Bäume ineinander verfingen.

»Die ›Missouri Belle‹!« stieß Johnnie Duro plötzlich hervor.

Lassiters Kopf ruckte herum.

Über dem Fluß stand eine schwarze Rauchwolke.

Noch war das Flußschiff nicht zu erkennen, aber die Rauchwolke verriet Lassiter, daß sich die ›Missouri Belle‹ mit voller Fahrt näherte.

»Beeilt euch, Morris!« brüllte er.

Johnnie Duro gab Lassiter ein Zeichen und lief mit ihm zu den Pferden zurück.

Aus den Satteltaschen holte er ein in Ölpapier eingewickeltes Paket und hielt es Lassiter hin.

»Sprengstoff?« fragte Lassiter heiser.

Der Lieutenant nickte. Ein schwaches Grinsen war auf seinen Zügen.

»Magenflattern, wie?« fragte er leise.

Lassiter schüttelte den Kopf.

»Ich kann nicht vergessen, was auf der Sandbank geschah«, flüsterte Johnnie Duro. »Ich glaube, ich werde Major Elmdale töten, wenn ich nach Fort Assiniboine zurückkehre!« Er zitterte am ganzen Körper.

Lassiter wußte, was in dem Jungen vorging. Er hatte ähnliche Situationen erlebt. Aber der Lieutenant mußte seinen Haß überwinden, wenn er nicht daran zugrunde gehen wollte.

»Nehmen Sie das Paket und folgen Sie mir, Lieutenant!« sagte er kalt.

Er drehte sich um und marschierte zu Morris zurück.

Die Bäume hatten sich ineinander verhakt und trieben in der Strömung.

Die Männer ließen gerade oberhalb dieser Stelle einen weiteren Baum hinab.

Morris preßte die Lippen zusammen.

»Wenn das hält, haben wir es geschafft, Lassiter«, sagte er mit belegter Stimme.

Sie starrten hinunter.

Die Strömung war sehr stark.

Zischend tauchte der Baum ins Wasser, begann zu trudeln und glitt dann auf die beiden Stämme zu, die quer in der schmalen Passage lagen.

Lassiter hielt den Atem an. Er sah, wie die beiden

Bäume langsam weiter ins Wasser rutschten. Auf dem schmalen, sandigen Ufer zeichnete sich eine tiefe Schleifspur ab.

Die schwarze Rauchwolke über dem Fluß war größer geworden. Lassiter erkannte die Aufbauten und die schwarzen Schornsteine.

Der ins Wasser gelassene Baum rauschte gegen die beiden Stämme. Splittern und Bersten erfüllten die Luft. Die Äste der Bäume verhakten sich ineinander. Der herantreibende Stamm schien sich aufzubäumen, dann gab es einen Ruck, und er blieb in der Stellung, in der er sich gerade befand.

Weit ragten seine Äste aus dem Wasser.

Die gesamte Fahrrinne war jetzt versperrt. Das Flußschiff konnte vielleicht einen Durchbruch wagen, aber dabei ging es das Risiko ein, sich den Rumpf an den starken Ästen der Bäume aufzureißen.

Lassiter hatte es am Mississippi schon ein paarmal erlebt, wie Flußschiffe von treibenden Baumstämmen förmlich zertrümmert wurden.

Dichter Rauch quoll aus den Schornsteinen der ›Missouri Belle‹.

Die Maschine mußte auf Volldampf laufen.

Offensichtlich lief das Schaufelrad am Heck bereits rückwärts. Doch die Strömung des Missouri war an dieser Stelle stärker.

Lassiter war gespannt, was der Kapitän der ›Missouri Belle‹ unternehmen würde.

Er preßte die Lippen hart zusammen, als er sah, wie die Kanone am Bug justiert wurde. Wenig später fauchte eine Pulverdampfwolke hervor.

Es krachte ohrenbetäubend.

Die Granate schlug in die Bäume. Wasser spritzte

hoch. Einer der Stämme begann sich zu bewegen.

Dann krachte der nächste Schuß.

Diesmal detonierte es dicht am aufragenden Stamm, der die beiden anderen Bäume in ihrer Verankerung hielt.

Das Gurgeln der Strömung drang bis zu ihnen herauf.

Lassiter gab einem der Soldaten einen Wink, und der Mann rannte los und kehrte nach Sekunden keuchend mit einer Whitworth Rifle und Johnnie Duros Winchester zurück.

Sofort riß Lassiter das Scharfschützengewehr an die Schulter und jagte einen Schuß auf die Männer hinter der Bugkanone.

Die ›Missouri Belle‹, trieb weiter auf die Stämme zu.

Deutlich wehten schreiende Stimmen zu ihnen herauf.

Lassiter schoß abermals, aber er schien mit seinen Kugeln keinen Schaden angerichtet zu haben, denn wieder stand das Donnern der Kanone über dem Fluß.

Mit lautem Knirschen drehte sich der Stamm des zuletzt zu Wasser gelassenen Baumes. Die beiden anderen ineinander verkrallten Bäume hoben sich aus dem Wasser.

Für einen Moment sah es so aus, als würden sie einen hohen Wall in der Passage errichten, doch dann brach dieser zusammen, und berstend lösten sich die Bäume voneinander.

In diesem Augenblick stieß der Bug der ›Missouri Belle‹ gegen den letzten Baumstamm.

Ein Ruck ging durch das Flußschiff. Dumpf hallte es bis zu Lassiter und den atemlosen Soldaten herauf.

Die ›Missouri Belle‹ schwenkte herum. Fast hatte das

Heck das sandige Ufer erreicht, als der Stamm plötzlich frei war und in die Strömung gerissen wurde.

Er riß das Flußschiff förmlich mit.

Lassiter fluchte. Er sah, daß auch die Steuerbordkanonen der ›Missouri Belle‹ feuerbereit waren.

Er wollte gerade den Soldaten zurufen, daß sie sich in Deckung werfen sollten, als die Geschütze auch schon krachten und Feuer und Rauch ausspuckten.

Salingers Banditen hatten zu tief gehalten, aber vielleicht ließen sich ihre Kanonen auch nicht zu diesem steilen Hang hinaufrichten.

Die Granaten schlugen in der Mitte des Hanges ein und rissen riesige Löcher. Sand und Steine wirbelten durch die Luft. Eine Staubwolke nahm Lassiter die Sicht.

Durch den Nachhall der Detonation hörte er ein eigenartiges Knirschen.

Er starrte hinüber durch den Staub. Schemenhaft war die ›Missouri Belle‹ zu erkennen.

Sie bewegte sich nicht!

Lassiter sprang auf und brüllte dem Soldaten, der ihm die Whitworth Rifle gebracht hatte, zu, ihm Munition zu holen.

Der Mann verschwand sofort wieder zu den Pferden.

Langsam hob sich der Staub.

Lassiter sah, daß die beiden ersten Bäume bereits flußabwärts trieben. Der Stamm des letzten hatte sich am Rumpf des Flußschiffes verkeilt und es auf die Sandbank am gegenüberliegenden Ufer gedrückt.

Schaum quirlte am Heck hoch.

Die Banditen versuchten, von der Sandbank freizukommen!

Der Soldat mit der Munitionstasche war heran.

Lassiter riß sie ihm aus den Händen und lud die Whitworth Rifle nach.

Schon nach seinem ersten Schuß gingen die Männer auf der ›Missouri Belle‹ hinter den Kisten in Deckung.

Funken stoben mit dichten, schwarzen Qualmwolken aus den Schornsteinen. Die Maschine lief auf Volldampf. Das Heckrad quirlte das graubraune Wasser des Missouri auf. Das Knirschen des Rumpfes auf der Sandbank war bis zu ihnen herauf zu hören.

»Sie schaffen es nicht!« stieß Sergeant Morris hervor. »Sehen Sie, Lassiter, der Stamm drückt sie immer weiter auf die Sandbank hinauf, je mehr Dampf sie machen!«

Lassiter nickte.

Die Männer auf der ›Missouri Belle‹ wunderten sich wahrscheinlich, weshalb ihr Schiff bei voller Fahrt rückwärts immer mehr seitlich auf die Sandbank gedrückt wurde.

Lassiter warf dem Lieutenant neben sich einen raschen Blick zu.

Johnnie Duro hielt das Paket mit dem Sprengstoff fest umklammert.

»Los, Lieutenant!« zischte Lassiter. »Jetzt sind wir dran!«

Er wollte aufspringen, als sein Blick auf einen Hügel hinter ihnen fiel. Er erschrak.

Die anderen hatten seinen Blick bemerkt und drehten sich ebenfalls um.

»Verdammter Mist!« stieß Sergeant Morris hervor. »Reiter! Das müssen Salingers Männer sein!«

Lassiter zögerte nicht lange.

»Zu den Pferden mit Ihren Männern, Morris!« stieß er hervor. »Reiten Sie am Fluß hinauf und sagen Sie

Elmdale, er soll dem Lieutenant und mir auf der Nordseite des Missouri entgegenkommen. Nehmen Sie unsere Pferde mit!«

»Was haben Sie vor, Lieutenant?« fragte Morris hastig, während er seinen Leuten einen Wink gab, zu den Pferden zu laufen.

»Ich werde mit Lassiter die ›Missouri Belle‹ zur Hölle jagen, Sergeant.«

Morris starrte ihn sekundenlang ungläubig an, dann drehte er sich um und rannte hinter seinen Männern her.

Johnnie Duros Gesicht hatte allmählich die alte Farbe wieder angenommen.

»Worauf warten wir noch, Lassiter?« fragte er. »Pusten wir der ›Missouri Belle‹ ein Loch in den Bauch.«

9

Lassiter hatte richtig spekuliert.

Der Reitertrupp, der aus fast 30 Banditen bestanden hatte, war sofort dem flüchtenden Morris und seinen Männern gefolgt.

Lassiter und Lieutenant Johnnie Duro hatten noch eine ganze Weile die Schüsse in den Ohren und wagten sich erst aus der Deckung hervor, als sie den Hufschlag nicht mehr hören konnten.

Lassiter wußte, daß aus einem normalen militärischen Unternehmen für ihn und Johnnie Duro ein Todeskommando geworden war.

Sie hatten nicht damit gerechnet, daß Matt Salinger seine Männer so weit nach Osten schicken würde. Aber er hatte wohl damit gerechnet, daß Lassiter für die Armee arbeitete und Rückendeckung durch ein paar Soldaten hatte.

Sie waren ohne Pferde. Sergeant Morris hatte seinen Grauen und Johnnie Duros Indianerpony mitgenommen, damit die Banditen keinen Verdacht schöpften, wenn sie hierher zum Fluß zurückkehrten.

Lassiter wußte nicht, ob die Banditen die Rauchwolke der ›Missouri Belle‹ gesehen hatten. Den Fluß hatten Salingers Revolvermäner jedenfalls nicht einsehen können, so daß sie nicht wußten, daß die ›Missouri Belle‹ hier auf Grund gelaufen war.

Lassiter hob seine Whitworth Rifle an, als die Tür des Ruderhauses unten auf der ›Missouri Belle‹ langsam geöffnet wurde.

Ein Mann steckte den Kopf durch den Spalt.

Mißtrauisch spähte er den Hang herauf.

Es dauerte eine Weile, bis er Mut faßte und die Tür ganz öffnete. Hastig lief er über die Aufbauten und starrte in den Fluß. Dann hatte er die Stelle entdeckt, an der sich der Baumstamm verkeilt hatte.

Seine laute Stimme hallte bis zu Lassiter und Johnnie Duro herauf.

Lassiter hätte den Mann vom Boot schießen können, aber er dachte an den Reitertrupp. Vielleicht war sein Schuß zu hören, und die Banditen kehrten zurück.

»Los, Duro!« zischte er. »Wir müssen runter zum Fluß!«

Sie glitten den Hang in Deckung der Schneise hinunter, die der letzte Baumstamm in den Bewuchs gerissen hatte.

Immer mehr Männer tauchten auf den Aufbauten der ›Missouri Belle‹ auf. Einige trugen Äxte und ließen sich von Kameraden Seile um die Brust binden.

Ein halbes Dutzend Männer hatte sich um das Ruderhaus aufgebaut. Sie trugen Gewehre. Offensichtlich war man sich nicht im klaren, was die Angreifer auf einmal verscheucht hatte.

Lassiter und der Lieutenant erreichten das schmale, sandige Ufer.

Die ›Missouri Belle‹ war vielleicht 100 Yard von ihnen entfernt, nicht mehr.

»Gib her!« sagte Lassiter zu Johnnie Duro und nahm ihm das Sprengstoffpaket aus den Händen. Er verstaute es hinter ein paar Felsbrocken, die durch den Beschuß des Flußschiffes aus dem Hang gerissen worden und hierher herabgestürzt waren.

»Es bleibt uns keine andere Wahl!« zischte Lassiter. »Wir können weder bis zur Dunkelheit noch so lange warten, bis die Banditen zurück sind oder die Kerle da vorn es geschafft haben, sich von der Sandbank zu befreien.«

Johnnie Duro starrte ihn an.

»Sie werden uns mit den Gatling Guns abknallen wie Hasen, wenn wir versuchen, an ihr Schiff heranzukommen!«

Lassiter grinste. »Sie werden verhindern, daß die Banditen mich erwischen«.

»Sie wollen allein . . .«

»Erst, wenn wir die Kerle in ihre Deckungen zurückgejagt haben.« Lassiter nahm seine Whitworth Rifle auf und nickte zu der Winchester, die neben Johnnie Duro auf der Erle lag. »Ich hoffe, Sie können mit dem Ding umgehen, Lieutenant.«

Duro lächelte schmal.

»Jedenfalls kann ich damit ein bißchen schneller schießen als Sie, Lassiter«, erwiderte er.

»Gut, Lieutenant. Scheuchen wir die Banditen unter Deck!«

Sie hoben ihre Gewehre, und die peitschenden Schüsse schlugen zwischen den Banditen auf dem Flußschiff ein.

Schreiend brachten sich die Männer in Sicherheit. Einer rutschte aus und klatschte ins Wasser. Die Strömung riß ihn sofort mit.

Lassiter sah ihn mit rudernden Armen schwimmen. Manchmal ging er unter, doch eine halbe Meile weiter sah Lassiter ihn an Land gehen.

Er kniff die Lippen zusammen.

Schuß auf Schuß jagte er aus der Whitworth. Er zielte genau. Seine Kugeln schlugen immer dicht neben den Banditen ein. Erst, als die Männer auf den Aufbauten zurückfeuerten und ihre Kugeln gefährlich nahe an ihnen vorbeifauchten, schoß er einem der Schützen eine Kugel in die Schulter.

Die anderen brachten sich durch die Tür im Ruderhaus in Sicherheit.

Das ganze Gefecht hatte nicht mehr als zwei Minuten gedauert.

Lassiter reichte dem Lieutenant seine Whitworth Rifle.

»Schießen Sie auf alles, was sich an Deck bewegt«, sagte er gepreßt. Dann holte er das Sprengstoffpaket hinter dem Felsbrocken hervor und zog einen großen Busch heran, der bei dem Beschuß durch die ›Missouri Belle‹ aus dem Hang gerissen worden war. »Wenn die Banditen oben am Hang auftauchen, versuchen Sie, durch den Fluß zu entkommen, Lieutenant. Falls wir uns verlieren, schlagen wir uns getrennt nach Fort Assiniboine durch, verstanden? Keiner sucht nach dem anderen!«

Johnnie Duro starrte ihn eine Weile an, dann nickte er langsam.

»Aye, Lassiter«, sagte er.

»Viel Glück, Lieutenant«, sagte Lassiter.

»Viel Glück, Lassiter.« Die Stimme des Lieutenants war heiser. Er starrte hinter Lassiter her, als der seinen Busch schnappte und sich langsam mit dem Sprengstoffpaket unter dem Arm über das schmale Ufer auf das Wasser des Missouri zuschob.

Duro erschrak, als ein Schuß vom Flußschiff herüber peitschte. Hastig riß er die Whitworth an die Schulter.

Seine Kugel traf den Mann, der sich aus dem Ruderhaus geschoben hatte, und schleuderte ihn zurück. Johnnie Duro sah, wie er von Armen aufgefangen und ins Ruderhaus zurückgerissen wurde. Die Tür fiel mit einem Knall hinter ihm zu.

Als der Lieutenant sich nach dem Busch umdrehte, war von Lassiter schon nichts mehr zu sehen.

Johnnie Duro spähte angestrengt über das Wasser, das schnell dahinschoß.

Dann richtete er seinen Blick jedoch wieder auf die ›Missouri Belle‹, die Whitworth fest in den Händen.

Lassiter kriegte kaum noch Luft.

Das eiskalte Wasser riß ihn mit sich. Er hatte langsam bis zehn gezählt, während er mit dem rechten Arm heftige Bewegungen vollführte, die seine Bahn im reißenden Wasser lenken sollten.

Sein Knie schrammte über Steine.

Hastig tauchte er auf und schnappte nach Luft.

Er erschrak, als er sah, daß er nur noch zehn Yard von dem auf Grund gelaufenen Flußschiff entfernt war.

Er kniete im Wasser.

Das Heck der ›Missouri Belle‹ ragte vor ihm auf. Er erhob sich und bewegte sich geduckt darauf zu. Er sah einen Teil des Schaufelrades, das jetzt stillstand.

Ein Blick zurück zum anderen Ufer zeigte ihm, daß Johnnie Duros Deckung ausgezeichnet war. Er konnte den Lieutenant nirgends entdecken.

Er zuckte zusammen, als er über sich einen lauten Ruf vernahm. Hastig glitt er noch näher an das Heck heran.

Ein Schuß peitschte auf. Drüben am anderen Ufer stieg eine Pulverdampfwolke hoch. Ein Mann schrie auf dem Boot. Jetzt krachten auch Schüsse über Lassiter.

Johnnie Duro schoß noch zweimal, nachdem er seine Stellung gewechselt hatte. Harte Schritte pochten auf den Aufbauten der ›Missouri Belle‹, dann war es wieder still.

Lassiter wollte schon unter die Abdeckung des Heckrades klettern, als er ein Dröhnen vernahm, das aus dem Bootsrumpf zu kommen schien.

Langsam begann sich das Schaufelrad zu drehen!

Salingers Männer hatten die Maschine wieder hochgefahren. War es ihnen gelungen, den Baumstamm vom Rumpf zu entfernen?

Das Wasser quirlte auf.

Lassiter hatte Mühe, nicht in den Sog zu geraten.

Er klammerte sich an der Abdeckung fest und spürte den Hohlraum, der sich zwischen dem Schaufelradkasten und der Abdeckung befand.

Ihm blieb keine andere Wahl, denn er spürte schon

das Zittern, das durch den Bootsrumpf ging. Das Heck der ›Missouri Belle‹ drehte sich zum Fluß hinaus!

Er preßte das Sprengstoffpaket in den Hohlraum und löste die Verschnürung des Ölpapiers. Er verlor den Boden unter den Füßen. Das eisige Wasser nahm ihm jetzt den Atem. Er hatte das Gefühl, als sei die untere Hälfte seines Körpers bereits abgestorben.

Er spürte die Schnur an den Fingern und nahm das kleine Päckchen Schwefelhölzer heraus, das im Paket gesteckt hatte.

Mit einer Hand mußte er sich krampfhaft am Schaufelradkasten festhalten.

Das eisige Wasser des Missouri wurde immer mehr aufgewühlt. Das Stampfen der Maschine dröhnte in seinen Ohren und vermischte sich mit einem Knirschen.

Er wußte, daß die Besatzung es schaffen würde, die ›Missouri Belle‹ von der Sandbank freizukriegen!

Plötzlich hielt er eines der Schwefelhölzer zwischen den Fingern. Die Schachtel hatte er sich zwischen die Zähne geklemmt.

Er riß es dreimal über das feuchte Holz des Schaufelradkastens, dann sprang die kleine Flamme auf.

Ein Krampf ging durch seinen linken Arm, mit dem er sich an dem Boot festklammerte. Er hätte schreien können vor Schmerzen, doch er ließ nicht los.

Auf einmal sprühte es vor ihm auf.

Ein Ruck ging durch den Rumpf der ›Missouri Belle‹. Das Flußschiff kam frei!

Lassiter spürte es deutlich am sanften Schaukeln des Rumpfes.

Er sah das sprühende Ende der Lunte vor sich. Das Schaufelrad verlangsamte seine Drehung und stand dann für ein paar Sekunden still, bevor es sich anders herum wieder zu drehen begann.

Lassiter stieß sich vom Schaufelradkasten ab. Er versuchte zu tauchen, doch die Wasserhöhe betrug hier kaum mehr als drei Fuß.

Ich muß weg vom Boot, oder ich fliege mit in die Luft! dachte er.

Seine Hand krallte sich an einem Felsbrocken unter Wasser fest.

Die Strömung riß an ihm.

Der Schatten über ihm war plötzlich verschwunden.

Obwohl er seine Hände im eiskalten Wasser kaum noch spürte, ließ er nicht los. Er strampelte mit den Beinen, bis seine Füße trotz der reißenden Strömung Grund fanden und er sich abstemmen konnte.

Schnaufend holte er Luft.

Die Haare klebten ihm in der Stirn. Keuchend zog er sich Stück für Stück auf die Sandbank. Sein Blick fiel zum anderen Ufer hinüber.

Johnnie Duro stand dort und winkte zu ihm herüber.

Lassiter gab ihm ein Zeichen, über den Fluß zu kommen, dann gab es hinter ihm ein ohrenbetäubendes Krachen, das alle anderen Geräusche des Missouri verschluckte.

Eine Druckwelle schleuderte Lassiter zurück. Er knallte hart mit dem Rücken auf den Boden. Die Luft wurde ihm aus den Lungen gepreßt.

Lassiter brauchte eine ganze Weile, bis er sich wieder benommen aufrichten konnte.

Er starrte den Fluß hinunter.

Die ›Missouri Belle‹ war in eine dunkle Wolke gehüllt. Der Explosionsdruck hatte sie auf die nächste Sandbank gedrückt, und diesmal würde sie nicht wieder freikommen, denn ihr Schaufelrad am Heck war jetzt nur noch ein Haufen von geborstenen und verbogenen Teilen.

Lassiter wollte sich zu Johnnie Duro umdrehen, als er den harten Schlag in der linken Schulter spürte.

Erst Sekunden später nahm er das dünne Peitschen eines Schusses wahr.

Sein Kopf ruckte hoch.

Drüben auf der Kante des Uferhanges hielt ein Reiter und war dabei, sein Gewehr nachzuladen.

Lassiter warf sich herum und stolperte über die Sandbank.

Jetzt ging es um sein Leben!

Wieder krachte ein Schuß hinter ihm, aber trotz des Dröhnens in seinen Ohren erkannte er, daß es die Whitworth war, die Johnnie Duro abgefeuert haben mußte.

Er drehte den Kopf und sah, wie der Reiter aus dem Sattel fiel und den steilen Hang herabstürzte.

Im selben Augenblick tauchten dort oben weitere Banditen auf.

Johnnie Duro warf sich mit einem Hechtsprung ins reißende Wasser des Missouri. Sein blonder Schopf tauchte unter. Lassiter blieb keine Zeit, ihn weiter mit seinem Blick zu verfolgen.

Eine Kugel schlug sich neben ihm auf einem Stein platt. Lassiter warf sich herum und rannte keuchend auf die Büsche zu. Etwas glühend Heißes schrammte über seinen linken Arm.

Noch fünf Schritte!

Mit einem Hechtsprung warf er sich in die Büsche.

Dornen zerkratzten sein Gesicht und rissen den Stoff seiner Jacke auf.

Sofort kroch er weiter.

Kugeln schlugen durch die Büsche und rissen Äste und Blätter ab. Holzsplitter flogen ihm um die Ohren.

Er befand sich zwischen den ersten Baumstämmen.

Die Schüsse der Banditen waren verstummt.

Er hörte leise Schreie. Ein dumpfes Grollen lag in der Luft, dann war der Himmel über ihm von dicht aufeinanderfolgenden Detonationen erfüllt.

Die Munitionsladung der ›Missouri Belle‹ flog in die Luft! Lassiter hetzte weiter. Ein heißer Schmerz pochte in seiner linken Schulter und ließ ihn das eiskalte Wasser des Missouri vergessen.

In seinen Ohren war ein starkes Brausen, und als sich bunte Räder vor seinen Augen zu drehen begannen, mußte er sich an einem Baumstamm abstützen und innehalten.

Blut pulste aus der Wunde in der Schulter.

Mit zitternden Fingern knöpfte er seine klatschnasse Jacke auf und riß sein Hemd entzwei. Er stopfte das nasse Tuch in die Wunde. Es sog sich sofort mit Blut voll.

Das Schreien der Banditen war nicht verstummt.

Wahrscheinlich waren die Männer, die er jetzt hörte, von der ›Missouri Belle‹ geflohen.

Er mußte weiter.

Der Gedanke an Johnnie Duro fraß in ihm.

Was war aus dem Jungen geworden? Hatte er sich in der reißenden Strömung halten können? Hatte ihn eine Kugel der Banditen erwischt? Oder hatten ihn die Männer von der ›Missouri Belle‹ aus dem Fluß gezogen und auf der Stelle umgebracht, weil sie glaubten, sie hätten ihm den Verlust ihrer Kumpane und ihres Schiffes zu verdanken?

Lassiter wußte, daß er auf diese Fragen keine Antwort finden konnte.

Taumelnd lief er weiter.

Jetzt ging es um sein Leben. Und verdammt noch mal, auch wenn er es schon hundertfach aufs Spiel gesetzt hatte, er hing daran!

Es war ihm, als sei er schon stundenlang gelaufen. Immer wieder hob er den Kopf, um sich am Stand der Sonne, deren Strahlen durchs dichte Blätterdach hier und da einen Weg fanden, zu orientieren.

Der Schmerz in seiner Schulter hatte nachgelassen, aber er spürte, daß die Wunde immer noch blutete.

Plötzlich trat sein rechter Fuß ins Leere.

Er stieß einen Schrei aus, ruderte mit dem rechten Arm, fand aber nirgends Halt.

Kopfüber fiel er in einen Graben.

Der Grund war zu seinem Glück mit Moos bewachsen. Dennoch war der Sturz zuviel für ihn. Er kämpfte minutenlang gegen die drohende Ohnmacht an, doch er verlor diesen Kampf.

Er sah noch, wie das Blätterdach der Büsche über ihm wieder zusammenschlug, dann wurde es dunkel um ihn.

10

Lassiter wußte nicht, welches Geräusch ihn geweckt hatte. War es das Klappern seiner Zähne gewesen?

Er brauchte eine Weile, um sich zurechtzufinden.

In seinem Versteck, das er unfreiwillig aufgesucht

hatte, war es dunkel und kalt. Das Blätterdach über ihm ließ kaum Licht durch.

Er versuchte sich zu bewegen. Schmerzwellen liefen durch seinen Körper. Seine Glieder waren steif. Als er sich aufrichtete, begann es sofort in seiner linken Schulter zu pochen.

Mit einem unterdrückten Stöhnen ließ er sich zurücksinken. Seine Rechte tastete nach der linken Schulter. Das Blut war getrocknet. Einen Augenblick überlegte er, ob er den klammen, mit Blut vollgesogenen Hemdfetzen aus dem Schußkanal ziehen sollte, doch dann ließ er ihn stecken, weil er befürchtete, die Wunde würde wieder zu bluten anfangen.

Dann waren die Geräusche wieder da.

Er wußte sofort, daß er sie auch im Unterbewußtsein schon vernommen hatte; sie hatten ihn geweckt.

Irgendwo brach jemand durch die Büsche. Leises Schnauben und das Klirren vom Zaumketten hing in der Luft.

Männer auf Pferden!

Lassiter holte seinen Revolver hervor. Er nahm die Waffe mit steifen Fingern auseinander und trocknete sie an seiner klammen Jacke. Dann schob er die Trommel wieder in den Rahmen. Er wußte nicht, ob die Patronen nach dem Bad im Missouri noch funktionierten. Er mußte es darauf ankommen lassen.

Die Geräusche wurden jetzt schnell lauter.

Stimmen schwirrten zu ihm herüber.

Salingers Männer! Sie suchten nach ihm oder nach Johnnie Duro.

Die Erde zitterte leicht unter ihm.

Die Reiter mußten schon nah sein, und es waren mindestens ein Dutzend oder mehr.

Ein Schatten war über den Büschen, die seinen Erdspalt bedeckten.

Ein Pferd wieherte schrill. Wahrscheinlich hatte es den Spalt gewittert und wollte eine andere Richtung einschlagen.

Ein Mann fluchte.

Dann war der Schatten verschwunden.

Lassiter hielt den Atem an.

Die Geräusche entfernten sich langsam.

Er hörte, wie einer der Kerle rief: »Verdammt, der Bursche muß schwer verwundet sein! Er hat eine Menge Blut verloren. Ich kann mir nicht vorstellen, daß er noch so weiter laufen konnte.«

»Dann müßten wir ihn gefunden haben«, gab ein anderer bissig zurück. »Wir reiten weiter.«

Das Zittern von Lassiters Körper wurde stärker. Seine Zähne schlugen aufeinander. Erschrocken preßte er sie zusammen, weil er meinte, man müßte es weit hören.

Er wartete, bis er keine Geräusche mehr vernahm, dann stützte er sich mit dem rechen Arm vom Boden ab und erhob sich keuchend auf die Knie. An hervorstehenden Baumwurzeln zog er sich in die Höhe.

Der Rand des Spaltes befand sich auf Kopfhöhe.

Er wußte, daß es ihn zuviel Kraft kosten würde, sich an den Büschen hinaufzuziehen, deshalb taumelte er den Graben entlang. Nach ein paar Yards wurde er flacher, und Lassiter konnte sich hochziehen.

Schwer atmend blieb er eine Weile hocken.

Er war überrascht, daß immer noch Sonnenstrahlen durch das Blätterdach des Waldes fielen. Er hatte das Gefühl gehabt, schon mehrere Stunden in dem Spalt gelegen zu haben.

Als sich sein Atem beruhigte, erhob er sich.

Er hätte gern genau gewußt, wie spät es war, damit er sich am Stand der Sonne orientieren konnte. So blieb ihm nichts anderes übrig, als schräg auf die Sonne zuzugehen. Das mußte die Richtung nach Westen oder Norden sein.

Zwei Stunden marschierte er. Die Kälte war aus seinem Körper gewichen. Er schwitzte. Seine klammen Sachen dampften an seinem Leib. Die Haare klebten ihm in der Stirn.

Dann waren wieder Geräusche vor ihm.

Lassiter dachte sofort an die Maultierkarawane, mit der Jack Mulhall die Gewehre von der ›Missouri Belle‹ nach Norden hatte bringen wollen.

Er biß die Zähne zusammen und schlug sich weiter durchs Unterholz. Irgendwo mußte der Wald auch zur anderen Richtung ein Ende haben. Vielleicht fand er eine einsame Farm, wo er Hilfe erhalten konnte. Er brauchte ein Pferd.

Seine Gedanken schweiften zu Elmdale. Hatte Sergeant Morris ihn erreicht? War Elmdale vielleicht schon auf dem Weg hierher, um ihn und Lieutenant Johnnie Duro herauszuhauen?

Er marschierte Stunden, ohne eine Pause einzulegen. Es war nicht gut für seine Wunde in der Schulter, aber darauf nahm er keine Rücksicht. Er wollte aus dem Wald hinaus.

Dann hatte er es geschafft. Die Sonne ging hinter ihm über dem Wald unter. Er war nach Osten marschiert!

Hügeliges Land lag vor ihm. Und als er den nächsten Hügel erklomm, lagen vor ihm die Gebäude einer kleinen Farm.

Lassiter ließ sich zu Boden gleiten.

In seinen Augen war der erste Schimmer von Fieber.

Er starrte zu den kleinen Häusern hinunter. Sie sahen ziemlich heruntergekommen aus. Der Zaun um den Korral war an manchen Stellen eingestürzt. Fensterläden hingen schief in den Scharnieren, und das Dach des Wohnhauses wies große Löcher auf.

Nirgends regte sich etwas. Aus dem Schornstein des Wohnhauses stieg kein Rauch. Das leise Gackern eines Huhnes drang an seine Ohren. Aber das war auch alles.

Dämmerung legte sich schon über das Land, als er sich endlich erhob und langsam hinunter zu den Gebäuden schlich.

Sein Atem ging schwer. Er lehnte sich gegen die Schuppenwand und lauschte auf irgendwelche Geräusche.

Ein eigenartiges Gefühl war in ihm. Er versuchte, herauszufinden, was es war, aber der Schmerz in seiner Schulter machte sogar das Nachdenken zur Qual.

Er wollte schon zum Wohnhaus hinübergehen, da hörte er im Schuppen einen leisen Laut. Es hatte wie das Scharren eines Pferdehufes geklungen.

Lassiter schluckte.

Wenn sich ein Pferd im Schuppen aufhielt, war auch ein Mann in der Nähe, davon war er überzeugt. Er holte seinen Revolver hervor und spannte leise den Hahn. Er konnte nur beten, daß die Patronen durch das Wassr nicht unbrauchbar geworden waren.

Minutenlang wartete er regungslos.

Das Gefühl, nicht allein zu sein auf dieser Farm, verstärkte sich in ihm.

Lautlos bewegte er sich an der Schuppenwand entlang, bis er die Ecke erreicht hatte. Er schob den Kopf vor. Niemand war zu sehen.

Mit stolpernden Schritten überquerte er den Hof und

lehnte sich keuchend gegen den Pfosten des Vorbaudaches. Auf der Veranda stand ein Schaukelstuhl. Eine Lampe hing über dem Eingang. Die Tür stand einen Spalt offen.

Lassiter betrat die Veranda und stellte sich neben die Tür. Er lauschte. Kein Laut drang heraus.

Mit dem Fuß stieß er die Tür auf. Sie knarrte laut. Dann schlug sie innen gegen die Wand.

Lassiter fühlte sich elend. Doch der Wille zum Kampf war in ihm noch nicht erloschen.

Er holte tief Atem, dann sprang er mit vorgerecktem Revolver in den dunklen Raum hinein und wich sofort zur Seite aus, damit sich seine Konturen nicht im hellen Viereck der Tür abzeichneten.

Er sah den Schatten einer Bewegung und drückte ab.

Ein helles Klicken stand im Raum.

Der Hammer seines Revolves war auf eine unbrauchbare Patrone geschlagen!

Er ließ sich zu Boden fallen und drückte noch einmal auf den Schatten ab, der sich jetzt blitzschnell zur Seite warf.

Wieder das Klicken!

Ein eiskalter Schauer durchströmte Lassiter.

Gleich würde der andere schießen, und seine Patronen waren sicher in Ordnung!

Er mußte es noch einmal versuchen. Eine von den fünf Patronen mußte doch noch brauchbar sein!

Sein Revolver ruckte auf die Gestalt zu, die nur vier Yard vor ihm auf dem Boden hockte und sich nicht mehr bewegte. Lassiter meinte, in der Dunkelheit den blassen Schein eines Gesichtes erkennen zu können.

»Nicht schießen, Lassiter!« Die Gestalt erhob sich und breitete die Arme aus.

Lassiter glaubte, seinen Ohren nicht trauen zu dürfen. Er hatte die Stimme erkannt.

Wie kam Lieutenant Johnnie Duro hierher?

»Johnnie?« flüsterte er.

Die Gestalt wankte auf ihn zu. Er sah das mit Schmutz bedeckte Gesicht des Lieutenants. Sein Blick glitt über die zerfetzte Uniform, die nicht besser aussah als seine eigene Kleidung.

Dann wurde es auf einmal schwarz vor seinen Augen, und er spürte es nicht mehr, wie Johnnie Duro, der hastig auf ihn zugesprungen war, ihn im letzten Augenblick auffing.

11

Licht drang durch die Ritzen der Fensterläden.

Lassiter schreckte hoch.

Instinktiv griff er nach seinem Revolver, aber überrascht mußte er feststellen, daß er nicht einmal mehr eine Hose anhatte.

Ruckartig setzte er sich auf und starrte an sich hinunter. Er war nackt. Um seine linke Schulter schlang sich ein Verband aus weißen Leinenstreifen.

Johnnie Duro!

Er hatte Johnnie gestern abend hier auf der Farm gesehen, und nur er konnte es gewesen sein, der ihn verarztet hatte.

Lassiter sah sich in der kleinen Kammer um, in der er lag. Der Kleiderschrank an der Wand stand offen. Er war leer. Wahrscheinlich hatten die Bewohner die Farm schon vor längerer Zeit, als die Sioux auf Kriegspfad gegangen waren, mit Sack und Pack verlassen.

Aus dem Raum nebenan drangen Geräusche. Blech klirrte. Der Geruch nach Feuer stieg in seine Nase.

Lassiter stützte sich mit der Rechten ab und richtete sich langsam auf. Vorsichtig schwang er die nackten Beine über die Bettkante. Jetzt erst sah er, daß Johnnie Duro auch seine Streifwunde am linken Arm verbunden hatte.

Neben dem leeren Schrank hing ein fleckiger Spiegel an der Wand.

Lassiter erschrak, als er hineinblickte. Ein zerkratztes, dunkles, eingefallenes Gesicht mit fieberglänzenden Augen starrte ihn an.

Er fühlte sich eigentlich gar nicht so schlecht, doch jetzt erkannte er, daß er unbedingt zu einem Doc mußte. Der Blutverlust hatte ihm arg zugesetzt.

Er tastete sich an der Wand zum Fenster hinüber, öffnete es und löste den Riegel der Läden. Er schob sie einen Spalt auf.

Die Sonne stand ziemlich hoch. Er hatte also mehr als zwölf Stunden geschlafen.

Sein Kopf ruckte herum, als die Tür zur Kammer geöffnet wurde.

Johnnie Duro steckte seinen Kopf durch den Spalt. Ein Grinsen überzog sein jungenhaftes Gesicht, als er Lassiter am Fenster stehen sah.

»Guten Morgen, Lassiter«, sagte er. »Hast du ausgeschlafen?«

»Verdammt, wo hast du meine Klamotten, Johnnie?« knurrte Lassiter, der der Ansicht war, daß es sich für einen ausgewachsenen Mann nicht gehörte, nackt vor einem jungen Lieutenant herumzulaufen.

»Ich hab' sie über dem Feuer getrocknet, Lassiter«, erwiderte der Lieutenant grinsend. »Leider habe ich kein Bügeleisen gefunden. Die Leute haben alles mitgenommen, was nicht niet- und nagelfest war.«

»Her damit«, sagte Lassiter und tastete sich zum Bett zurück.

Als Johnnie Duro mit Lassiters Sachen zurückkehrte, war sein Gesicht ernst.

»Wir sitzen verdammt in der Klemme, Lassiter«, sagte er. »Ich wollte nach Fort Assiniboine zurückreiten, aber überall wimmelt es von Banditen. Salinger muß das Wasser bis zum Hals stehen, wenn er es wagt, einen Krieg mit der Armee anzufangen.«

Lassiter hatte nur ein Wort gehört.

»Du wolltest zurückreiten, Johnnie?« fragte er und dachte an die Geräusche, die er am Abend vorher aus dem Schuppen gehört hatte.

Johnnie Duros Gesicht verzog sich zu einem schmalen Lächeln. Er schob sich die blonden Haare aus der Stirn.

»Mein alter Comanchengaul hat es bei Morris nicht ausgehalten«, sagte er. »Der Kerl muß sich losgerissen haben und ist wahrscheinlich an den Banditen vorbei zurückgetrabt. Ich dachte, ich traue meinen Augen nicht, als ich ihn plötzlich am anderen Ufer stehen sah, nachdem die Strömung mich endlich an Land gespült hatte.«

»Keine Verwundung?«

»Nichts. Die Banditen schossen zum Glück ziemlich schlecht.«

Lassiter zog seine Sachen an. Die Jacke sah fürchterlich aus. Eine Tasche war abgerissen. Auf der Brust hatten Dornen mehrere Dreiecke gerissen, der linke Kragen hing herab. Helle Flecken zeigten an, wo Duro das Blut herausgeschrubbt hatte.

Lassiter musterte den Lieutenant, als er mit dem Ankleiden fertig war.

Dessen Uniform sah nicht viel besser aus.

»Weißt du genau, wo wir uns befinden?« fragte er heiser. Er faßte nach der linken Schulter, als ein stechender Schmerz hindurchzog.

Johnnie Duro war die Bewegung nicht entgangen.

»Nordwestlich von der Einmündung des Birch Creek in den Missouri«, sagte er gepreßt. »Ich muß ziemlich weit den Missouri hinuntergetrieben worden sein.«

Lassiter erschrak.

War es möglich, daß er diese Strecke zu Fuß zurückgelegt hatte? Das mußten mindestens 15 Meilen gewesen sein!

»Dann sind wir mehr als 50 Meilen weg von Fort Assiniboine«, murmelte er. »Das wird ein hartes Stück, zum Fort zurückzukehren.«

Er sah Johnnie Duros skeptischen Blick und ahnte, was der Junge dachte. Aber welche Wahl blieb ihnen? Vor die Gewehre von Salingers Schießern zu laufen?

Nein, lieber würde er sich selbst eine Kugel in den Kopf jagen. Die Banditen waren nach der Zerstörung der ›Missouri Belle‹ gewiß hinter ihm her wie der Teufel hinter einer Seele.

Er hatte ihnen übel mitgespielt. Allein, wenn er daran dachte, wie Matt Salinger getobt haben mußte, nachdem sich herausgestellt hatte, daß ein Spion der Armee es geschafft hatte, sich für Jack Mulhall auszugeben. Salinger würde ihm vor Wut sofort persönlich eine Kugel in den Kopf schießen.

»Wir werden den Banditen ausweichen«, sagte er

heiser. »Wir müssen es einfach schaffen. So schlimm ist die Wunde in meiner Schulter nicht, daß ich es nicht noch zwei Tage aushalte.«

Sie war so schlimm.

Johnnie Duro hatte es von Anfang an für Unsinn gehalten, mit dem schwerverwundeten Mann den Missouri hinaufzureiten, wo es von Salingers Banditen nur so wimmelte.

Der einzige Ort in der Nähe war Flat Creek. Johnnie Duro kannte dort den Doc, der alles andere als ein Freund von Matt Salinger und seinen Revolverschwingern war.

Doch Johnnie Duro hatte nichts gesagt, weil er wußte, daß Lassiter sowieso nicht zustimmen würde. Erst als Lassiter nach zwei Stunden Ritt hinter ihm vom Rücken des Comanchenponys rutschte und bewußtlos auf dem Boden liegenblieb, entschloß er sich, in die Höhle des Löwen zu reiten, um die einzige Chance zu nutzen, Lassiters Leben zu retten.

Er band Lassiter im Sattel des struppigen Hengstes fest und marschierte in die Richtung zurück, aus der sie gekommen waren.

Er hielt sich am Waldrand, damit er sich jeden Moment in Deckung bringen konnte, wenn ein Reitertrupp auftauchte.

Johnnie Duro hatte die Tasche mit der Munition für die Whitworth Rifle um die Schulter geschlungen. Er wußte nicht, ob die Patronen genauso unbrauchbar waren wie die in Lassiters Remington, und er wollte es auch nicht ausprobieren, weil ein Schuß ihn leicht hätte verraten können.

Während seiner Höllenfahrt im reißenden Strom des Missouri hatte er die Whitworth und seine Winchester nicht losgelassen. Er war jetzt froh, daß er die Waffen noch bei sich hatte, aber noch froher wäre er gewesen, wenn er gewußt hätte, ob er sich auf die Patronen würde verlassen können. Er hoffte, daß er nicht gezwungen wurde, es auszuprobieren.

Johnnie Duro hatte verdammtes Glück.

Bis zum Abend wurde er nicht entdeckt.

Und als die ersten Banditen in der Nähe des Flusses vor ihm auftauchten, war es schon dunkel genug, daß er sich rechtzeitig vor ihnen verbergen konnte.

Lassiter war den ganzen Tag über bewußtlos gewesen. Besorgt hatte Johnnie Duro beobachtet, wie sein Körper in Krämpfen zuckte. Als er einmal an Lassiters Stirn gefaßt hatte, war sie heiß gewesen. Lassiter hatte hohes Fieber.

Johnnie Duro schwang sich hinter dem bewußtlosen Lassiter auf das Pony. Er wußte, daß der Hengst zäh war und dieses Gewicht für ein paar Meilen tragen konnte.

Es wurde Zeit, daß sie zum Doc kamen.

Vielleicht war es auch schon zu spät, und Lassiter hatte den Brand in der Wunde.

Der Lieutenant preßte die Lippen zusammen. Es war ihm in diesem Augenblick gleich, was mit ihm selbst geschah. Lassiter mußte leben, denn aus einigen seiner Bemerkungen hatte der Lieutenant herausgehört, daß Lassiter einen bestimmten Verdacht hatte, wo Matt Salinger seine Waffenvorräte lagerte.

Johnnie Duro sah plötzlich Lichter durch die Dunkelheit schimmern.

Flat Creek? Waren sie dem Ort am südlichen Ufer des Missouri schon so nahe?

Es mußte Matt Salingers Stadt sein, denn eine andere Siedlung gab es erst 20 Meilen weiter flußaufwärts.

Mit Hackenstößen trieb er den Hengst an.

Er ritt jetzt zum Fluß hinunter.

Von einer weit in den Fluß ragenden Sandbank aus erkannte Johnnie Duro, daß es tatsächlich Flat Creek war. Lichter spiegelten sich im Wasser des Missouri. Deutlich waren die Klippen unterhalb der Häuser im Strom zu erkennen.

Johnnie Duro blickte zum Himmel. Dunkle Wolken zogen von Norden heran. Man konnte kaum die Hand vor Augen sehen. Entschlossen trieb der Lieutenant das Pony in den Fluß. Er hoffte, daß die schmale Fahrrinne nicht zu tief war.

Lassiter stöhnte leise, aber er wachte nicht auf. Dann hatte er den Fluß hinter sich und fand auch einen Pfad, auf dem er das Steilufer hinter sich brachte.

Der Lieutenant wußte, daß er nicht in die Stadt reiten konnte. Er mußte das Comanchenpony mindestens eine Meile vor Flat Creek zurücklassen und versuchen, den verwundeten Lassiter zu Fuß zum Doc zu schaffen.

Er fand eine Buschgruppe, wo er das Pony anband und Lassiter aus dem Sattel hob.

Lassiters Gewicht zwang ihn fast in die Knie. Er biß sich die Unterlippe blutig, doch dann marschierte er mit staksigen Schritten los.

Die dunklen Wolken zogen schnell vorbei. Der Himmel wurde klar. Vereinzelt blinzelten Sterne herab.

Die Lichter vor Johnnie Duro wurden größer. Er konnte bereits die Konturen der einzelnen Häuser unterscheiden.

Auf halbem Weg mußte Johnnie Duro seine Last absetzen. Sein Atem ging schwer. Seine Beine fühlten sich an, als wären sie mit Blei gefüllt. Er war im Zweifel, ob er es schaffen konnte. Einen Augenblick überlegte er, ob es nicht besser sei, allein in die Stadt zu schleichen und den Doc herauszuholen, doch er wollte Lassiter nicht allein lassen.

Er wollte sich schon wieder erheben, als er die Bewegung neben sich spürte und hörte, wie Lassiter leise aufstöhnte.

»Wo — wo sind wir?«

Lassiters Stimme war nur ein schwacher Hauch.

Johnnie Duro beugte sich zu ihm hinunter.

»Wir sind vor Flat Breek, Lassiter«, flüsterte er. »Tut mir leid, aber ich konnte nicht weiter mit dir nach Norden reiten. Du bist ohnmächtig geworden, und ich glaube, du brauchst dringend einen Doc, wenn du nicht vor die Hunde gehen willst.«

Lassiter antwortete nicht. Johnnie Duro dachte schon, daß er wieder das Bewußtsein verloren hätte, doch dann sah er, wie Lassiters fieberglänzende Augen ihn anstarrten.

»Also gut, Junge«, keuchte er. »Hilf mir auf. Ich werde versuchen, zu gehen. Du mußt mich nur stützen.«

Der Lieutenant bückte sich und schlang sich Lassiters rechten Arm um die Schultern. Langsam zog er den verwundeten Mann hoch.

»Geht's?« fragte er.

Lassiter nickte mit zusammengepreßten Lippen. Sein Gesicht war bleich. Der Schatten der Bartstoppeln ließ es elend erscheinen.

Sie taumelten los. Die ersten Yards hatte Johnnie Duro das Gefühl, als ob es schwerer sei, Lassiter zu stützen, als ihn zu tragen. Doch dann fing sich Lassiter. Seine Schritte wurden fester.

Ein paar Lichter vor ihnen erloschen. Flat Creek wirkte wie ausgestorben. Offenbar hatte Matt Salinger seine gesamte Streitmacht in den Sattel gejagt, um Lassiter zur Strecke zu bringen.

Keuchend blieb Lassiter stehen.

Er nickte zu den Häusern am Steilufer hinüber.

»Dort — dort wohnt eine Frau, die uns hilft!« stieß er hervor. »Sie lebt allein. Sie hat mir — schon einmal geholfen.«

»Ich weiß, wo der Doc wohnt«, erwiderte Johnnie Duro. »Ich sollte dich gleich zu ihm bringen.«

Lassiter schüttelte den Kopf.

»Du mußt den Doc holen. Zu gefährlich, ihn aufzusu...« Seine Stimme brach ab.

Johnnie Duro spürte, wie ein krampfartiges Zittern durch Lassiters Körper ging. Rasch schleppte er ihn weiter. Lassiter war nicht mehr richtig bei Besinnung. Dennoch hielt er sich auf den Beinen.

Keuchend erreichten sie das Haus, das Lassiter ihm gezeigt hatte. Von hier aus konnte man auf den Missouri hinabblicken. Im Sternenlicht sah Johnnie Duro die Umrisse der Schaufelraddampfer auf dem Fluß. An Bord der Schiffe standen ein paar Posten. Die Glutkegel ihrer Zigaretten leuchteten durch die Nacht.

Lassiter lehnte sich gegen die Wand. Der Lieutenant stützte ihn.

»Wo ist der Eingang?« flüsterte Duro.

Lassiter brache kein Wort hervor. Er griff nach dem Arm des Lieutenants.

Johnnie Duro begriff. Er faßte Lassiter wieder um die Taille und zog ihn weiter. Plötzlich spürte er, wie Lassiter stehenblieb. Lassiter sagte etwas mit kratzender Stimme, das Johnnie Duro nicht verstand.

Lassiter löste sich von ihm und drehte sich zur Wand um. Mit der Rechten tastete er nach einem Türgriff, und wenn der Lieutenant nicht plötzlich zugegriffen hätte, wäre Lassiter zusammengebrochen.

Es war nicht einfach, den schweren Körper wieder hochzuziehen.

Johnnie Duro schob ihn ein Stück zur Seite, um nach der Türklinke zu fassen. Er drückte sie nieder. Zu seiner Überraschung ließ sich die Tür öffnen. Er zog sie auf.

Lassiter stöhnte wieder, als der Lieutenant ihn in den dunklen Raum schleppte, ihn zu Boden gleiten ließ und rasch die Tür schloß.

Es war stockdunkel. Es roch nach kalter Seifenlauge.

Niemand schien sich im Haus aufzuhalten.

Oder schlief die Frau vielleicht schon, von der Lassiter gesprochen hatte?

Johnnie Duro tastete sich an der Wand entlang bis zur ersten Tür. Es klirrte leise, als er mit der Schulter gegen etwas stieß. Vorsichtig tastete er danach. Es war eine Petroleumlampe.

Er hatte keine Schwefelhölzer bei sich. Aber sicher lagen hier welche in Reichweite.

Mit dem Knie stieß er gegen ein Möbelstück. Es war eine niedrige Anrichte. Mit der flachen Hand strich er über die Oberfläche und ertastete eine kleine Schachtel. In ihr lagen Schwefelhölzer.

Er nahm eines und riß es an der Wand an.

Der Schwefel zerplatzte vor ihm zu einer kleinen Flamme. In ihrem Schein erkannte er, daß er sich in einer Waschküche befand. Die kleinen Fenster waren mit geschlossenen Läden versehen. Er hoffte, daß das Licht draußen nicht zu sehen war.

Schnell hob er den Glaszylinder der Lampe an und

hielt die Flammen an den Docht. Es zuckte bläulich auf. Er drehte den Docht etwas höher. Ein warmer Schein breitete sich in der Waschküche us.

Johnnie Duros Blick fiel auf die Tür, die ins Haus führte.

Er ging darauf zu und öffnete sie.

Ein dunkler Flur lag vor ihm, von dem mehrere Türen abgingen.

Er holte die Petroleumlampe, warf noch einen kurzen Blick auf den bewußtlosen Lassiter und glitt dann in den Flur hiein.

Hinter der ersten Tür war eine kleine Kammer, die mit allerlei Gerümpel vollgestellt war.

Als er die zweite Tür öffnete, stieß er einen leisen Pfiff aus.

Er sah ein breites Bett mit einem Baldachin.

Jemand hatte darin geschlafen, denn das Laken und die aufgeschlagene Bettdecke waren zerwühlt.

Er ließ die Petroleumlampe auf dem Gang stehen und schlüpfte ins Zimmer hinein. Langsam zog er die schweren Vorhänge vom Fenster zurück. Er atmete auf, als er sah, daß auch hier Läden vor dem Fenster waren. Wenn er die Vorhänge sorgfältig schloß, konnte eigentlich kein Licht nach draußen dringen.

Nachdem er sie wieder vorgezogen hatte, huschte er über den Flur in die Waschküche zurück und schleppte Lassiter ins Schlafzimmer. In voller Montur legte er ihn aufs Bett.

Sekunden blieb er keuchend stehen und starrte den Bewußtlosen an.

Hoffentlich wachte Lassiter nicht auf, während er den Doc holte.

Johnnie Duro nahm die Lampe vom Boden auf und

durchsuchte hastig das Haus. Es war tatsächlich verlassen.

In der Waschküche löschte er die Lampe wieder, nachdem er den Schlüssel gefunden hatte, mit dem er die Waschküche abschließen konnte.

Dann huschte er hinaus, schloß die Tür ab und bewegte sich wie ein Schemen durch die wie ausgestorben daliegenden Straßen Flat Creeks.

Ein paarmal mußte er sich in dunklen Eingängen verbergen, wenn ihm ein Mann begegnete, doch er erreichte das Haus des Doc unbemerkt.

Da der Vordereingang zur größten Straße hinaus lag, versuchte er es an der Rückfront.

Er mußte mindestens ein halbes dutzendmal klopfen, ehe sich leise, schlurfende Schritte näherten, die Hintertür geöffnet wurde und sich ein schwarzes Gesicht durch den Spalt schob.

Die Negerin schreckte zurück, als sie die zerfetzte Uniform erkannte. Dann stieß sie die Tür ganz auf, ihre schwarze Hand krallte sich in Johnnie Duros Uniformjacke und zerrte ihn mit einem Ruck, dem er nichts entgegenzusetzen hatte, ins Haus hinein. Leise schlug die Tür hinter ihm ins Schloß.

Der Gang, in dem sich Johnnie Duro befand, wurde von einer Lampe erhellt, die ein kleiner, weißhaariger Mann in der linken Hand hielt.

Der Alte blinzelte ihn über die Gläser seiner randlosen Brille an. Johnnie Duro schluckte, als er in die Mündungen der Schrotflinte blickte, die auf seinen Bauch gerichtet waren.

»Hm, ein Soldat«, knurrte der alte Doc. »Du siehst zwar ziemlich zerzaust aus, Lieutenant, aber ich kann keine Verwundung an dir entdecken.«

»Es geht nicht um mich, Doc!« stieß Johnnie Duro atemlos hervor. »Mein Kumpel — er liegt mit einer Kugel in der Schulter ein paar Häuser weiter. Er ist bewußtlos und . . .«

Der Doc ließ die Schrotflinte sinken und unterbrach ihn. »In welchem Haus?«

Johnnie beschrieb es ihm.

»Bei Myrna Fulton?« stieß der Doc überrascht hervor. »Wie heißt dein Kumpel, Junge?«

Johnnie Duro starrte den Alten an. Konnte er ihm vertrauen?

Ja, er mußte es. Lassiter brauchte schnelle Hilfe. Und wenn der Doc auf die Seite der Banditen übergeschwenkt war, waren sie sowieso verloren.

»Lassiter«, sagte er heiser.

Die kleinen grauen Augen des Doc weiteten sich. Er schluckte ein paarmal, doch dann bückte er sich. Er stellte die Schrotflinte an die Wand, schnappte sich die schwarze Tasche, die hinter ihm bereitgestanden haben mußte, und lief den Gang herunter.

»Los, komm mit, Lieutenant«, stieß er hervor. »Bring mich zu diesem Lassiter!«

12

Lassiter hatte das Gefühl, aus einem schweren Traum zu erwachen. Er hörte Detonationen und das Schreien von Männern. Jemand hatte ihm eine tiefe Wunde in der linken Schulter beigebracht. Er glaubte noch, den Stahl eines Messers darin zu spüren.

Er öffnete die Augen.

Schwaches Licht umgab ihn.

Über sich sah er ein niedriges Dach, von dem ein dünner Stoff herabhing.

Auf einmal war die Erinnerung wieder da.

Er befand sich in Flat Creek. Im Haus der blonden Frau, die ihn vor Salingers Revolvermännern versteckt und anschließend über den Missouri gebracht hatte!

Er hob den Kopf und verspürte sofort einen leichten, ziehenden Schmerz in der Schulter. Mit einem leisen Stöhnen ließ er sich zurücksinken.

Er strampelte seine Decke mit den Füßen bis zur Taille hinunter.

Ein weißer Verband lag um seine Schulter. Auch sein linker Arm hatte einen neuen Verband.

Er drehte den Kopf und blickte in die niedriggedrehte Flamme der Petroleumlampe auf dem kleinen Nachttisch neben dem Bett.

Die Vorhänge waren zugezogen. War es immer noch Nacht?

Wo war Johnnie Duro?

Lassiter versuchte, sich in Erinnerung zu bringen, wie er hierher gelangt war.

Der Lieutenant hatte ihn auf seinem Comanchenpony festgebunden und dann in die Stadt geschleppt. Er hatte Johnnie Duro das Haus der Frau gezeigt. Und dann? Mehr wußte er nicht.

Johnnie Duro hatte behauptet, den Doc in Flat Creek zu kennen. Der Doc hatte ihn versorgt, das war unverkennbar. Der Verband an seiner Schulter war von einem Fachmann angelegt worden.

Mit der Rechten stützte sich Lassiter im Bett ab und schob sich höher. Die Schmerzen in der Schulter waren zu ertragen. Wieder hatte Duro ihn splitternackt ausgezogen und ins Bett gelegt!

Lassiter stieß ein Knurren aus, als er sich umsah und nirgends ein Kleidungsstück liegen sah. Verdammt, er würde Johnnie Duro beibringen müssen, daß er ihm wenigstens die Unterhose anließ!

Er bewegte sich langsam, als er die Beine über die Bettkante schob und auf den Boden stellte. Vorsichtig richtete er sich auf. Der erwartete Schwindelanfall blieb aus.

Dafür stieg Übelkeit in seinem Magen auf. Es war ihm, als hätte er ewig nichts mehr gegessen.

Er unterdrückte das Gefühl der Übelkeit und zog sich vorsichtig am unteren Bettpfosten hoch. Sein rechtes Bein knickte ihm ein. Er fluchte unterdrückt. Was war nur mit ihm los? Er hatte schon mehr als eine Kugel im Körper gehabt. So ein Kratzer warf ihn doch nicht um!

Er biß die Zähne zusammen und ging mit staksenden Schritten zum Schrank hinüber. Als er die rechte Tür öffnete, sah er Männerkleidung vor sich.

Die blonde Frau hatte sicher nichts dagegen, wenn er sich bediente. Schließlich war ihr Mann tot. Ermordet von Matt Salingers Schießern.

Er schlüpfte in neues Unterzeug und suchte sich ein Hemd heraus. Gerade wollte er es überstreifen, als die Tür des Schlafzimmers geöffnet wurde.

Lassiter hörte eine rauhe Stimme.

Alarmiert drehte er sich um.

Das war nicht Johnnie Duro!

Ein kleiner, grauhaariger Mann betrat den Raum und starrte überrascht auf das leere Bett.

Johnnie Duro war auf einmal neben ihm. Der Kopf des Lieutenants rückte erschrocken herum. Es dauerte eine Weile, bis sich ein Grinsen auf seinen jungenhaften Zügen ausbreitete.

»Da steht er, Doc«, sagte er. »Ich habe Ihnen doch versichert, daß Lassiter keine drei Tage im Bett liegenbleiben wird.«

Der grauhaarige kleine Mann hatte den Kopf gewandt. Durchbohrend blickte er den Mann in Unterkleidung durch seine randlose Brille an.

»Sehr unvernünftig, Lassiter«, sagte er tadelnd. »Legen Sie das Hemd weg und ziehen Sie den Fummel wieder aus. Ich will mir die Wunde ansehen.«

Lassiter tat, was der Doc sagte. Er wußte, das Widerspruch sinnlos war. Ein einziger Blick in die grauen Augen hatte ihn davon überzeugt.

Er ging kerzengerade, um dem alten Knaben zu zeigen, daß er sich von diesem Kratzer nicht kleinkriegen ließ.

Der Doc verzog keine Miene. Er wartete, bis Lassiter auf der Bettkante saß, dann stellte er seine schwarze Tasche neben ihm ab und begann, mit der Schere den Verband an seiner Schulter loszuschneiden.

Lassiter grinste den Lieutenant an.

»Danke, Johnnie«, sagte er. »Allein hätte ich es wohl nicht geschafft, wie?«

Johnnie Duro zuckte mit den Schultern.

»Das Wichtigste hat der Doc getan«, erwiderte er. »Wenn er dir nicht die verdammte Kugel herausgeholt hätte, lägst du jetzt schon seit zwei Tagen unter der Erde.«

Lassiter glaubte, nicht richtig gehört zu haben.

Er ruckte hoch.

»Verdammt, stillgehalten!« schnauzte der Doc ihn an.

»Zwei Tage?« flüsterte Lassiter. »Und Salinger...« Er

stöhnte auf, als der Doc ziemlich grob den Verband von seiner Schulter riß.

»Sie sollten lieber nach Myrna Fulton frgen, Lassiter«, knurrte der alte Mann.

»Myrna Fulton?« fragte Lassiter leise. Er wußte sofort, daß die Frau, die ihm geholfen hatte und in deren Haus er sich jetzt wieder befand, gemeint war. »Was ist mit ihr, Doc? Hat Salinger sie umgebracht?«

Der Doc verhielt in seinen Bewegungen und starrte ihn an. »Also stimmt es doch!« knurrte er. »Sie hat Sie also über den Fluß gebracht.«

Lassiter nickte.

»Was ist mir ihr, Doc?« fragte er leise.

»Soweit ich gehört habe, wird sie Tag und Nacht von Sting Coogan verhört. Es soll ihr ziemlich schlecht gehen. Ich habe verlangt, zu ihr gelassen zu werden, aber sie trauen mir nicht. Salinger tobt immer noch, daß es Ihnen gelungen ist, sich für Jack Mulhall auszugeben. Er glaubt, daß Mryna Fulton mit Ihnen zusammengearbeitet hat und es kein Zufall war, daß Sie zu ihrem Haus flüchteten. Er hat gedroht, Myrna Fulton zu erschießen, und vielleicht wird er es auch noch tun.«

»Nein!« flüsterte Lassiter. »Sie wußte nicht, wer ich bin. Einer von Salingers Banditen hat mich erkannt. Es war reiner Zufall, daß Mrs. Fulton gerade ihre Tür öffnete, als ich hinter ihrem Haus entlangschlich. Sie half mir, aber sie wußte nicht, was im SSC-Haus geschehen war!«

Der Doc blickte ihn nicht an.

»Das habe ich mir gedacht.« Er tastete über die Wundränder des Kugelloches und nickte zufrieden. »Die Wunde sieht besser aus, als ich gedacht habe, Lassiter.

Sie haben gutes Heilfleisch. Ich habe nichts dagegen, wenn Sie noch in dieser Nacht aus Flat Creek verschwinden. Ein Pferd steht für Sie breit.«

Er begann, einen neuen, festen Verband anzulegen.

»Wo?« fragte Lassiter.

»Eine kleine Hütte etwa drei Meilen flußaufwärts am nördlichen Ufer«, sagte Lieutenant Duro. »Dort hat der Doc auch meinen Comanchengaul unterstellen lassen.«

»Besorg noch ein zweites Pferd, Lieutenant«, sagte Lassiter gepreßt.

Der Doc wandte dem Lieutenant den Kopf zu.

Johnnie Duros Gesicht war zu einem breiten Grinsen verzogen. Er streckte dem Doc die Hand entgegen, und der holte aus seiner Tasche ein 20-Dollar-Stück, das er sicher von seiner Großmutter geerbt hatte, und drückte es in Johnnie Duros Hand.

»Kann mir mal einer sagen, was hier los ist?« fragte Lassiter grimmig.

»Oh, ich hab' nur mit dem Doc gewettet, daß du Mrs. Fulton sicher nicht in Salingers Klauen lassen wirst, Lassiter«, erwiderte Johnnie Duro. »In der Hütte am Fluß steht noch ein drittes Pferd bereit.«

Lassiter kniff die Augen zusammen und musterte den jungen Burschen. Verdammt, brauchte er schon ein Kindermädchen?

Er stand abrupt auf, nachdem der Doc zurückgetreten war. Der Schwindelanfall war nur kurz, doch der Doc starrte ihm skeptisch nach, als er zum Schrank hinüberging und sich eine Hose herausholte.

»Sie sollten sich beeilen, Lassiter«, murmelte der Doc. »Es ist zwei Uhr nachts. In vier Stunden wird es hell.« Er nahm seine Tasche und verließ leise den Raum. Johnnie Duro brachte ihn durch die Waschküche zur Tür und ließ ihn hinaus. Es war still in der Stadt.

Lassiter war angezogen, als Duro zurückkehrte.

»Mit deiner Wunde alles in Ordnung, Lassiter?« fragte der Lieutenant über die Schulter.

Lassiter antwortete ihm nicht darauf.

»Was ist mit Waffen?« fragte er.

»Sieht schlecht aus«, murmelte er. »Die Banditen haben jedes Haus gefilzt. Aber wir haben noch unsere Revolver und Gewehre. Munition konnte ich beschaffen, allerdings keine für die Whitworth.«

»Der Revolver sollte genügen«, sagte Lassiter. »Hast du dir inzwischen den SSC-Saloon angesehen?«

Johnnie Duro starrte ihn an.

»Was willst du denn da?«

»Na, was wohl? Ich denke, du hast mit dem Doc gewettet, daß wir Mrs. Fulton befreien werden.«

»Ja, sicher. Aber Mrs. Fulton wird im Marshal's Office gefangengehalten. Salinger hat Coogan den Stern angesteckt.«

Lassiter stieß einen leisen Pfiff aus. Duro war ein Teufelskerl. Lassiter hatte das Gefühl, als ob er ruhig hier auf der Bettkante sitzenbleiben und warten konnte, bis der junge Texaner alles für ihn erledigt hatte. Der Lieutenant brachte die Waffen herein.

»Die Whitworth lassen wir zurück«, sagte Lassiter. »Ohne Munition ist sie nur eine Belastung für uns. Ich hoffe, daß wir bei den Banditen einen entsprechenden Ersatz dafür finden. Bist du bereit, Lieutenant?«

»Aye, aye, Boß!« erwiderte Johnnie Duro.

Lassiter schaute genau hin, aber er entdeckte nicht die Spur eines Grinsens auf dem Jungengesicht.

Verstellen kann er sich also auch, dachte er grimmig.

»Dann zeig mir den Weg zum Marshal's Office!«

13

Reitertrupps jagten durch die Stadt. Lassiter und Johnnie Duro preßten sich gegen die Bretterwand eines Schuppens und hielten den Atem ab. Eine halbe Stunde war bereits vergangen, und sie hatten es nicht einmal geschafft, in die Nähe des Marshal's Office zu gelangen.

Auf einmal war der Teufel in der Stadt losgewesen. Stimmen hatten Befehle gebrüllt, und in den meisten Häusern an der Main Street waren die Lichter angezündet worden.

Lassiter hatte keine Ahnung, was geschehen war. Zuerst hatte er gedacht, daß der Fluß vielleicht gestiegen war und Matt Salinger alles vorbereiten ließ, um seine Schiffe über die Klippen zu bringen.

Doch unten an Deck der Flußdampfer rührte sich nichts. Nach dem Geräusch des Hufschlags zu urteilen, jagten die Reiter, die die Stadt verließen, nach Süden.

»Wir müssen weiter!« flüsterte Johnnie Duro. »Bald wird es hell, dann können wir nicht mehr aus Flat Creek fliehen!«

Lassiter nickte. Er schlich bis zur Ecke des Schuppens vor. Durch einen schmalen Gang konnte er bis zur Main Street blicken. Er sah einen Teil des SSC-Hauses. Der Vorbau war taghell erleuchtet. Männer gingen ein und aus.

Lassiter preßte die Lippen aufeinander. Er glitt hinüber zum nächsten Haus. Duro folgte ihm. Sie fanden eine Tür in einem hohen Bretterzaun und gelangten auf einen Hof, den Johnnie Duro mit großen Sätzen überquerte. Lassiter sah ihn in einer offenen Remise verschwinden und folgte ihm.

Einen Moment hatte er den Lieutenant aus den Augen verloren, dann sah er einen Schatten auf dem niedrigen Dach der Remise. Duro beugte sich herab und reichte Lassiter die Hand. Er zog ihn langsam aufs Dach.

Mit der Linken wies der junge Texaner zum nächsten Haus hinüber. Zwei kleine Fenster in der Rückseite waren erleuchtet. Lassiter atmete auf, als er sah, daß sie vergittert waren.

Endlich hatten sie das Marshal's Office mit dem anschließenden Jail erreicht.

Johnnie Duro sprang vom Dach. Federnd kam er im Hof des Jails auf die Beine. Er sah, daß Lassiter ebenfalls springen wollte, und hob abwehrend die Hand.

»Warte!« zischte er.

Lassiter sah ihn davonhuschen. Minuten vergingen. Er wollte sich schon über die Dachkante hinablassen, als der Junge mit einer Leiter auftauchte und sie gegen die Dachkante lehnte. Rasch stieg Lassiter zu ihm hinunter.

Sie ließen die Leiter stehen.

Johnnie Duro kauerte schon an der rückwärtigen Tür des Jails und stocherte mit einem Messer im Türspalt herum.

Lassiter war auf halbem Weg zu ihm, als er die leisen Schritte hörte. Sie kamen aus dem Torweg, durch den man auf die Main Street gelangte.

Er gab Johnnie Duro ein Zeichen und glitt bis zur Hauswand vor.

Der Schatten eines Mannes tauchte auf.

Lassiter sah, wie er zusammenzuckte, als er Johnnie Duro an der Tür des Jails entdeckte. Seine Hand klatschte auf den Revolvergriff. Aber er hatte die Waffe erst halb aus dem Holster, als Lassiter hinter ihm war und den Lauf des Remingtons auf seinen Hut niedersausen ließ.

Der steife Stetson des Mannes dämpfte den Schlag. Der Kerl ging zwar in die Knie, verlor aber nicht das Bewußtsein. Der Lieutenant lief herüber. Er riß dem Mann den Revolver aus dem Holster, während Lassiter ihm den rechten Arm um den Hals legte und ihm die Luft abschnitt.

»Er trägt einen Stern!« zischte Duro. »Vielleicht hat er einen Schlüssel zum Jail bei sich!«

Der Mann stieß keuchende Laute aus. Er hatte seine Benommenheit überwunden und begann, sich gegen Lassiters harten Griff zu wehren.

Johnnie Duro hielt plötzlich seinen Revolver in der Faust und ließ den Sternträger von Matt Salingers Gnaden in die Mündung schauen.

Der Mann gab seinen Widerstand auf.

Reglos ließ er geschehen, daß Johnnie Duro seine Taschen durchsuchte und einen Schlüssel aus der Westentasche zog.

Lassiter ließ den Mann los.

Der Revolver des Lieutenant zeigte auf die Stirn des Sternträgers, der noch immer auf den Knien hockte.

»Fessel und knebel ihn«, keuchte Lasssiter.

Johnnie Duro sah, wie der Mann Luft holte und den Mund zu einem Schrei öffnete. Blitzschnell schlug er zu. Diesmal verlor der Mann das Bewußtsein. Sie schleppten ihn zum Stall hinüber, dessen Tor unverschlossen war. Der Lieutenant fand einen Strick, mit dem er den Sternträger fesselte. Er wollte ihm gerade einen Knebel anlegen, als der Gefesselte aus seiner Ohnmacht erwachte.

»Warte«, zischte Lassiter und verkrallte die Faust im Hemd des Mannes. »Wo haltet ihr Mrs. Fulton gefangen?«

Die Augen quollen dem Sternträger fast aus den Höhlen. Lassiter verstärkte seinen Griff noch, daß der Mann kaum noch Luft kriegte. Als er wieder losließ, begann der Mann zu sprechen.

»Im Office — im oberen Stock.«

»Wer ist bei ihr?«

Der Mann zuckte mit den Schultern. »Weiß ich nicht. Vielleicht Sting Coogan. Seit zwei Tagen lösen wir uns gegenseitig ab, um die Frau zu verhören.«

Lassiter spürte, wie heißer Zorn in ihm aufstieg. Sie hatten Myrna Fulton seit ihrer Festnahme nicht schlafen lassen! Die Frau mußte zu Tode erschöpft sein.

»Was wollt ihr von ihr?« zischte Lassiter.

»Verdammt, sie hat dir zur Flucht verholfen, Lassiter«, stieß der Sternträger heiser hervor. »Du bist ein Spion! Ihr habt die ›Missouri Belle‹ mitsamt der Ladung in die Luft gesprengt! Myrna Fulton steckt mit dir unter einer Decke, Lassiter. Und da fragst du, weshalb wir sie auszuquetschen versuchen?«

»Du Hundesohn!« knurrte Johnnie Duro. Blitzschnell stopfte er dem Mann das Tuch zwischen die Zähne und schlang einen Lederriemen um seinen Kopf, mit dem er den Knebel befestigte.

Lassiter war schon am Stalltor.

Er hob den Kopf. Ein rötlicher Schimmer war irgendwo weiter nördlich über den dunklen Häusern Flat Creeks. Im selben Moment schlug eine Glocke an. Das schrille Bimmeln hallte durch die Nacht. Alle anderen Geräusche schienen für einen Moment zu verstummen. Dann hallten plötzlich Schreie durch die Nacht.

Stiefel hämmerten über die Holzbohlen der Stepwalks.

Lassiter spürte Johnnie Duros Hand an seinem Arm.

»Das war bestimmt der Doc!« zischte der Lieutenant. »Er sagte mir, daß er Salingers Männer irgendwie ablenken wollte.«

Lassiter holte tief Luft und nickte dann. Er sah, wie Johnnie Duros Augen zu leuchten begannen.

»Okay«, sagte er. »Hoffentlich paßt der Schlüssel. Wir werden Sting Coogan klarmachen, was es bedeutet, eine junge Lady zu mißhandeln.«

Sie liefen zur Jailtür hinüber.

Der Schlüssel paßte.

Langsam schoben sie die Tür auf.

Eine Petroleumlampe hing an der Wand. Sie beleuchtete die beiden Zellen.

Lassiters Remington schwang hoch, als er eine Bewegung in einer der Zellen sah. Ein Mann erhob sich von der Pritsche. Graue Augen starrten Lassiter an.

Er erkannte den Alten auf den ersten Blick.

»Slaughter?« flüsterte er.

Der Alte war mit zwei Schritten am Gitter und umklammerte die Eisenstäbe.

»Sie haben Mrs. Fulton gefangengenommen und foltern sie!« keuchte er.

Johnnie Duro hatte ein Schlüsselbund entdeckt, das an einem Haken hin. Er reichte es Lassiter.

»Kennst du den Mann?« fragte er leise.

Lassiter schloß die Zelle auf.

»Was haben sie mit Ihnen gemacht, Slaughter?« fragte er rauh.

»Sie haben meine Farm abgebrannt und mich hier eingesperrt. Irgendwann hätten sie mich getötet.«

»Hauen Sie ab, Slaughter«, murmelte Lassiter.

Der Alte zuckte mit den Schultern. »Wohin?«

»Besorgen Sie sich ein Pferd und warten Sie nördlich der Fähre auf uns!«

Lassiter drehte sich um und war schon an der Tür, die ins Marshal's Office führte. Lärm drang von der Main Street herein. Immer noch schrillte die Feuerglocke durch die Nacht.

Er sah noch, wie Slaughter das Jail durch die Hintertür verließ. Dann war Johnnie Duro neben ihm. Sie betraten das Office, in dem kein Licht brannte. Doch von der Straße fiel genug Licht durch die Fenster, daß sie die schmale Treppe erkennen konnten, die in den oberen Stock führte.

Lautlos schlichen sie hinauf.

Oben gab es vier Türen, doch Lassiter brauchte nicht lange zu suchen, bis er die richtige fand.

Er hörte das leise Wimmern einer Frau, und eine eiserne Faust schien plötzlich sein Herz zu umklammern. Ein Stöhnen drang aus seiner Kehle. Voller Zorn hob er den Fuß an und sprengte die Tür mit einem heftigen Tritt auf, daß sie mit einem lauten Knall innen gegen die Wand krachte.

Sting Coogans Kopf ruckte herum. Er stand breitbeinig vor Myrna Fulton, die gefesselt auf einem Stuhl saß.

Lassiter stieß einen rauhen Schrei aus, als er die Frau sah. Das blonde Haar hing ihr wirr ins Gesicht. Ihre Bluse war zerfetzt. Nackte Haut schimmerte an manchen Stellen hindurch. Coogan hielt eine Zigarre in den Fingern, und als Lassiter die rötliche Brandwunde auf Myrna Fultons weißer Haut entdeckte, schoß der Zorn übermächtig in Lassiter hoch.

»Vorsicht, Lassiter!« rief Johnnie Duro.

Coogan wirbelte herum. Er ließ die Zigarre fallen und zerrte den Revolver aus dem Holster.

Doch Lassiter war schneller. Seine Faust traf den Banditen an der Stirn. Gleichzeitig trat er ihm den Revolver aus der hochschwingenden Faust.

Coogan taumelte zurück. Lassiter setzte sofort nach. Wieder stieß die Rechte vor und traf den Revolvermann voll. Coogan taumelte gegen die Wand und rutschte langsam daran hinab.

Der Lieutenant schob Lassiter zu der gefesselten Frau hinüber.

»Ich kümmere mich um Coogan«, murmelte er. »Binde du Mrs. Fulton los. Wir müssen uns beeilen.«

Lassiter nickte. Er ging auf Myrna Fulton zu.

Es bereitete ihr große Mühe, den Kopf zu heben.

»Mein Gott«, stieß er hervor. »Was haben sie dir angetan?«

Sie war fertig. Fix und fertig. Ihr Kopf schwankte. Sie konnte die Lider kaum offenhalten. Dennoch breitete sich ein Lächeln auf ihren Zügen aus.

Sie flüsterte ein Wort. Es hatte sich wie ›Lassiter‹ angehört.

Er schnitt ihre Fesseln durch und sagte rauh: »Komm, ich helfe dir.«

Er griff ihr unter die Arme und zog sie langsam hoch. Sie war federleicht. Ihr Kopf fiel gegen seine Schultern, und auf einmal gaben die Beine unter ihr nach.

Lassiter konnte sie gerade noch auffangen.

Er warf einen schnellen Blick zu Johnnie Duro hinüber.

Der Lieutenant fesselte Sting Coogan und legte ihm einen Knebel an.

Bis jetzt hatten sie Glück gehabt. Aber noch waren sie nicht aus der Stadt.

Lassiter wußte nicht, ob der Zirkus, den der Doc da draußen veranstaltete, gut für sie war. Sämtliche Banditen in der Stadt würden aufgescheucht sein, und die Wahrscheinlichkeit, daß in den nächsten Minuten einer von ihnen im Marshal's Office auftauchen würde, war groß.

Er steckte seinen Revolver ins Holster zurück und nahm Myrna Fulton auf die Arme. Ein Ziehen ging durch seine linke Schulter. Er achtete nicht darauf.

Dann war Johnnie Duro fertig und richtete sich auf.

»Laß mich die Frau tragen, Lassiter«, sagte er. »Denk an deine Wunde.«

Lassiter zögerte, doch dann sah er ein, daß der Lieutenant recht hatte. Er übergab sie ihm, und seine Brauen zogen sich unwillig zusammen, als er sah, daß er sie wie einen Kartoffelsack über die Schulter schwang.

Johnnie Duro grinste.

»So bin ich beweglicher, Lassiter«, murmelte er. »Außerdem kann ich so meinen Revolver benutzen.«

Lassiter hastete an dem gefesselten Sting Coogan vorbei durch die Tür. Duro folgte ihm mit der Frau auf der Schulter die Treppe hinab, durch das Office und das Jail auf den Hof.

Laute Stimmen hallten durch die Stadt. Noch immer schrillte die Feuerglocke.

Der rote Schimmer über den Häusern war größer geworden. Das Feuer schien sich auszubreiten.

Lassiter lief zur Leiter hinüber, die an der Dachkante der Remise des Nebenhofes lehnte. Er kletterte zuerst hinauf. Nachdem Duro mit der Frau auf dem Dach war, zog er die Leiter hoch und lehnte sie auf der anderen Seite der Remise gegen die Dachkante. Rasch stieg er hinab und nahm die Last von Johnnie Duro entgegen.

Myrna Fulton seufzte leise. Sie schlang im Schlaf einen Arm um Lassiters Hals und lehnte den Kopf gegen seine Brust.

Lassiter spürte einen Stich in seinem Herzen.

Sie hatte Furchtbares in den letzten Tagen durchmachen müssen. Und es war seine Schuld. Sie hatte ihr Leben aufs Spiel gesetzt, um ihn zu retten.

Er dachte an ihre gemeinsame Nacht.

Sie hatten beide geglaubt, daß sie sich niemals wiedersehen würden, doch das Schicksal hatte es anders bestimmt.

»Gib her, Lassiter!« zischte Johnnie Duro neben ihm.

Der Lieutenant löste den Arm der Frau von Lassiters Hals und hob sie sich wieder über die linke Schulter.

»Weiter, Lassiter! Dort hinüber zu dem flachen Schuppen!«

Lassiter drehte sich um und lief los.

Die Schmerzen in seiner Schulter waren wieder da. Hatte er sich jetzt schon übernommen? Er preßte die Zähne hart aufeinander. Er durfte nicht daran denken.

Im dunklen Schatten des flachen Schuppens verharrten sie. Lassiter glitt an ein paar Wagen vorbei, bis er die hintere Bretterwand erreichte. Hier konnte er kaum die Hand vor Augen sehen. Der rötliche Schein des Feuers reichte nicht bis hierher.

Seine Finger glitten über die Bretter. Plötzlich war ein leises Quietschen vor ihm. Eine Tür schwang auf.

Er hielt sie fest und schob den Kopf hindurch.

Eine schmale Straße lag vor ihm. Es mußte die zweite Längsstraße sein.

Er glitt durch den Spalt und preßte sich an die Wand.

Die Stadt war von Schreien erfüllt. Er hörte hastende Schritte und das Klopfen von Pferdehufen. Dann rasselte ein Wagen durch die Stadt. Das mußte der Löschwagen sein, der zum Brandherd raste.

Lassiter gab dem Lieutenant einen Wink.

Johnnie Duro trat heraus.

Sie liefen die Straße entlang. Fast hatten sie das vorletzte Haus am Steilufer erreicht, als hinter ihnen der erste Schuß fiel. Stimmen brüllten.

Lassiter hatte sofort das Gefühl, daß der Schuß mit ihnen zusammenhing. Hatten sie den bewußtlosen und gefesselten Sting Coogan gefunden?

Lassiter hörte hastende Schritte vor sich. Er glitt sofort in den Schatten eines Durchgangs und wollte Johnnie Duro einen Wink geben. Doch es war bereits zu spät.

Drei Männer bogen um die Ecke. Einer von ihnen trug eine brennende Fackel. Das Licht riß die Gestalt des Lieutenants aus dem Dunkel.

Die Männer starrten Johnnie Duro ungläubig an. Sie sahen die bewußtlose Frau auf seiner Schulter, und dann begriffen sie.

»Ein Blaurock!« schrie einer von ihnen und riß den Revolver aus dem Holster.

Lassiter sprang vor. Eine grelle Flamme fauchte aus dem Lauf seines Remington. Die Kugel traf den ersten der drei Banditen in den Schußarm.

Im selben Augenblick feuerte auch Johnnie Duro. Während der von Lassiter getroffene Mann gegen die Wand taumelte, hechteten die anderen beiden in Deckung. Eine Kugel klatschte dicht über Lassiter in die Bretterwand des Hauses.

»Weg hier!« schrie er Johnnie Duro zu.

Der Lieutenant drehte sich keuchend mit seiner Last um.

Im selben Augenblick tauchten die beiden Banditen wieder auf.

Lassiter handelte.

Er dachte nicht mehr an die Verwundung in seiner Schulter. Wie ein Tiger sprang er vorwärts und riß den ihm am nächsten stehenden Banditen mit sich zu Boden. Noch im Fallen entwand er dem Kerl den Revolver und hieb ihn dem anderen in die Seite.

Der zweite hatte instinktiv den Finger gekrümmt. Es krachte laut. Eine Kugel jaulte in den rötlichen Himmel.

Lassiter war schon wieder auf den Beinen. Der Lauf des Remingtons knallte dem Schützen gegen die Schläfe. Der Mann streckte sich.

Ein zweiter Schuß peitschte an Johnnie Duros Seite auf.

Lassiters Kopf ruckte herum.

Er sah, wie der verwundete Bandit in sich zusammensackte. In seiner Rechten hielt er einen Revolver, den er gerade auf Lassiter hatte abdrücken wollen.

Der dritte Bandit sprang auf und lief laut schreiend davon.

Johnnie Duros Revolver schwenkte herum, doch Lassiter legte ihm rasch die Hand auf den Arm und stieß atemlos hervor: »Weiter, Johnnie! Wo müssen wir hin?«

Der Lieutenant wies mit dem Revolver die Straße hinunter. Sein Gesicht war vor Anstrengung verzerrt. Die Last der Frau schien ihm doch zu schaffen zu machen.

»Soll ich sie dir abnehmen?« fragte Lassiter heiser,

während sie die Straße weiter hinaufhasteten.

Johnnie Duro schüttelte den Kopf. »Es geht schon, Lassiter.«

Schüsse peitschten durch die Nacht.

Neben Lassiter furchte eine Kugel die sandige Straße.

Sie hatten das letzte Haus erreicht und bogen um die Ecke. Lassiter gab dem Lieutenant ein Zeichen, weiterzulaufen. Er selbst blieb stehen und blickte um die Ecke zurück.

Vier Banditen tauchten auf

Jemand schrie nach Pferden.

Lassiter erkannte an der Spitze der Männer Sting Coogan. Verdammt, wieso war der Kerl so früh gefunden worden?

Er stieß den Revolver vor und jagte den Banditen drei Schüsse entgegen. Sie warfen sich schreiend in Deckung, und erst als Coogans brüllende Stimme befahl, die verdammten Spione weiter zu verfolgen, sprangen sie wieder auf.

Lassiter konnte von Johnnie Duro und der Frau nichts mehr sehen. Er selbst hetzte jetzt auch zu den Büschen hinüber, die am Steilufer wucherten. Als er sie erreicht hatte, warf er sich sofort zu Boden und spähte zurück.

Jemand hob die Fackel auf, die neben dem bewußtlosen und dem verwundeten Banditen am Boden lag. Dann waren sie an der Ecke des letzten Hauses.

Sting Coogan blickte sich wild um.

In der Eingangstür des Hauses tauchte eine Gestalt auf.

Sting Coogan sprang vor und zerrte den Mann zu sich heran. »Sie haben die Kerle gesehen!« brüllte er. »Wo sind sie hin?«

Lassiter erschrak. Doch dann sah er, daß der Mann zwischen den Fäusten Coogans der Doc war.

Der Doc wies am Haus entlang.

»Dort sind sie hin, Coogan«, sagte er ruhig. »Hinter dem Haus sind sie wieder zurück in die Stadt. Nur dort haben sie eine Chance, sich vor euch zu verstecken!«

Mit einem Knurren stieß Sting Coogan den Doc zurück. Er schien nicht den geringsten Zweifel daran zu haben, daß der Doc ihm die Wahrheit gesagt hatte. Wahrscheinlich konnte er sich nicht vorstellen, daß der seit Jahren in Flat Creek lebende Doc auf seiten dieses Bastards Lassiters stehen konnte.

Lassiters Atem ging schwer. Er spürte, wie sein Herz heftig schlug.

Der Doc wartete, bis Coogan und seine Männer hinter dem nächsten Haus verschwunden waren. Dann warf er einen kurzen Blick in Lassiters Richtung und ging ins Haus zurück.

Lassiter lächelte und blickte dem kleinen Mann dankbar nach. Dann sprang er auf und hastete hinter Johnnie Duro her.

Noch hatten sie es längst nicht geschafft, den Banditen zu entwischen. Sting Coogan würde nach ergebnisloser Suche mißtrauisch werden und Reitertrupps losschicken. Dann mußten sie den Missouri bereits überquert haben.

Johnnie Duro wartete am Steilufer des Missouri. Er hatte Myrna Fulton zwischen ein paar Büschen auf der Erde gebettet. Sie schlief wie eine Tote.

Lassiter hätte sie gern in Ruhe schlafen lassen, doch sie mußten weg von hier. Lange konnte es nicht mehr dauern, bis die ersten Reiter auftauchten.

Er beugte sich zu der Frau hinab und rüttelte sie sanft an der Schulter.

»Das hat keinen Zweck, Lassiter«, sagte Johnnie Duro. »Sie ist total erschöpft. Ich werde sie tragen. Aber in diesem Zustand können wir sie niemals über den Fluß bringen.«

Lassiter nickte. Der Lieutenant hatte recht.

»Laß uns erst einmal einen Weg das Steilufer hinab suchen«, murmelte er. »Unten werden wir dann weitersehen.«

Hinter ihnen war jetzt der ganze Himmel rot. Es sah fast so aus, als würde das Feuer auf die ganze Stadt übergreifen. Lassiter preßte die Lippen fest zusammen. Flat Creek war Matt Salingers Stadt, aber nicht alle Einwohner gehörten zu seinen Banditen. Myrna Fulton und der Doc waren Beispiele dafür.

Johnnie Duro fand den Pfad, den der Doc ihm beschrieben hatte. Lassiter sah den Schweiß auf der Stirn des jungen Texaners. Die Last der bewußtlosen Frau machte ihm mehr zu schaffen, als er zugeben wollte.

Unter ihnen auf dem Fluß lagen die Schiffe Salingers. Die weißen Klippen leuchteten durch die Dunkelheit. Im Osten hatte sich schon der erste grüne Streifen am Horizont gebildet. Es wurde Zeit, daß sie über den Missouri kamen.

Johnnie Duro stieß einen keuchenden Laut aus. Er war stehengeblieben und deutete zum Fluß hinunter.

Jetzt sah auch Lassiter den dunklen Schatten vor der Sandbank.

Die Fähre!

War das vielleicht ihre Chance?

Oder war der Mann einer von Salingers Leuten?

Lassiter war überzeugt davon. Denn Salinger hätte die Fähre nur jemandem anvertraut, auf den er sich hundertprozentig verlassen konnte.

Der Fährmann war sicher gewarnt. Wenn Coogan nicht einen Mann zu ihm hinuntergeschickt hatte, so mußte er durch die Schüsse und das Feuer alarmiert worden sein. Inzwischen wußte er sicher auch längst, wer der Mann mit dem Overo-Pony gewesen war, den er vor Tagen über den Fluß gebracht hatte.

Sie stiegen den Pfad weiter hinab.

Am Fuße des Steilufers blieben sie keuchend stehen und starrten zur Fähre hinüber. Hatte Coogan dort vielleicht ein paar Banditen postiert?

Niemand war dort zu sehen. Doch! Ein einzelner Mann tauchte plötzlich vor der Fähre auf der Sandbank auf. Er schien sich nach etwas umzusehen.

»Er ist allein!« flüsterte Johnnie Duro.

Lassiter atmete tief durch.

Er mußte es wagen. Es war ihre einzige Chance.

»Warte hier ein paar Minuten«, gab er ebenso leise zurück. »Ich gehe zu ihm hinüber.«

Er wartete die Antwort des Lieutenants nicht ab und marschierte los.

Der Mann bei der Fähre hatte ihn entdeckt. Aber statt sich auf der Fähre in Sicherheit zu bringen, lief er plötzlich auf Lassiter zu.

Lassiter holte den Remington aus dem Holster. Dann stieß er scharf die Luft aus. Er erkannte den Mann, der da auf ihn zulief.

Es war Slaughter!

»Lassiter?« rief der alte Farmer leise.

»Ja.«

»Kommen Sie! Ich hab' den Fährmann schlafen gelegt! Ich werde uns über den Fluß bringen!«

Lassiter atmete auf. Er drehte sich um und gab Johnie Duro ein Zeichen. Sie hasteten über die Sandbank, und als sie die Fähre erreichten, krachte ein Schuß.

Lassiter sah die Mündungsflamme auf dem Steilufer.

Man hatte sie entdeckt, als sie über die Sandbank gelaufen waren!

Slaughter hatte die Fähre schon losgemacht. Das flache Boot trieb auf den Missouri hinaus. Lassiter hatte Myrna Fulton in die Arme genommen, während der Lieutenant Slaughter half, die Fähre über den Fluß zu steuern.

Reiter tauchten am Ufer auf. Einige ritten ein Stück in den Fluß hinein und feuerten mit Gewehren. Aber noch war es zu dunkel. Die Kugeln schlugen neben der Fähre ins Wasser.

Eine Viertelstunde später erreichten sie das andere Ufer. Sie befestigten die Fähre nicht, die sofort von der Strömung auf die Klippen zugetrieben wurde.

Lassiter kümmerte sich nicht darum.

Slaughter übernahm die Führung. Er kannte die kleine Hütte am Fluß, in der der Doc die Pferde untergestellt hatte.

Dann waren sie bei der Hütte.

Slaughter wollte zurückbleiben, weil er kein Pferd hatte.

Aber Lassiter schüttelte den Kopf.

»Ich werde die Frau zu mir in den Sattel nehmen, Slaughter«, sagte er. »Sie reiten mit uns. Erst in Fort Assiniboine werden Sie in Sicherheit sein.« Er wandte sich zum Lieutenant um und hob Myrna Fulton auf. »Hilf mir, Johnnie.«

Die Frau stöhnte leise, wachte aber nicht auf.

Johnnie Duro hielt sie, bis Lassiter im Sattel des schwerfällig aussehenden grauen Wallachs saß, der ihm kräftiger erschien als die braune Stute, die neben Duros Comanchenpony stand.

Der Lieutenant hob die Frau vor Lassiter in den Sattel. Lassiter schlang den linken Arm um sie. Die Zügel nahm er in die Rechte.

Johnnie Duro war mit einem Satz im Sattel des struppigen Ponys. Slaughter stieg auf die braune Stute.

Abermals lauschten sie über den Fluß. Noch war kein Hufschlag zu hören.

Über Flat Creek hellte sich der Himmel auf. Er hatte seine rötliche Färbung verloren. Wahrscheinlich war das Feuer gelöscht worden.

Der Lieutenant übernahm die Führung. Er kannte sich in den Bear Paw Mountains aus wie in seiner Westentasche.

Während Lassiter den warmen Körper der schlafenden Frau an sich drückte und hinter Johnnie Duro herritt, dachte er an die Pläne Matt Salingers. Der mächtige Mann mußte seine Felle davonschwimmen sehen. Die Zerstörung der ›Missouri Belle‹ mitsamt der kostbaren Ladung mußte ein Schock für ihn gewesen sein. Er wußte jetzt, daß die Armee ihm im Nacken saß. Würde Salinger vielleicht versuchen zu retten, was zu retten war? Die Sonne ging hinter ihnen auf. Bald spürte Lassiter die Wärme auf seinem Rücken.

Die Frau in seinen Armen bewegte sich manchmal im Schlaf. Er spürte ihre Brüste, die sich unter tiefen Atemzügen hoben und senkten.

Er war froh, daß er sie vor den Banditen hatte retten können.

Aber noch waren sie Salingers Schießern nicht entwischt. Salinger hatte mehrere Dutzend Männer auf seiner Lohnliste, und er würde alles daransetzen, um sie noch vor Fort Assiniboine abzufangen.

14

Sie hatten drei Tage Hölle hinter sich.

Lassiter und Johnnie Duro schauten auf die Häuser von Fort Assiniboine, die vor ihnen lagen.

Lassiter hatte den linken Arm um Myrna Fulton geschlungen, die vor ihm zusammengesunken im Sattel saß. Sie konnten es kaum fassen, daß sie es doch noch geschafft hatten. Der alte Slaughter saß völlig erschöpft im Sattel der braunen Stute und war zu fertig, um sich zu freuen.

Sie waren von Salingers Schießern bis zur Erschöpfung gehetzt worden. Tagsüber war es nicht möglich gewesen, sich aus ihren Verstecken zu wagen. Einmal hatten sie sogar das Bellen von Hunden gehört, die die Banditen bei sich hatten. Doch zu ihrem Glück hatten die Tiere die Fährte im Big Sand Creek verloren, in dem sie drei Meilen weit geritten waren.

Myrna Fulton regte sich in Lassiters Arm.

Sie war unterwegs mehrere Male aufgewacht, aber sie war zu schwach gewesen, sich von allein auf den Beinen oder auch im Sattel zu halten. Immer wieder war sie von einem Moment zum anderen eingeschlafen und hatte die meisten brenzligen Situationen nicht miterlebt.

Lassiter zwang sich zu einem Lächeln, als die Frau den Kopf drehte und mit heiserer Stimme fragte: »Haben wir es endlich geschafft?«

Er nickte.

»Ja, Myrna. Das da vorn ist Fort Assiniboine. In einer Stunde wirst du in einem weichen Bett liegen und drei Tage schlafen können.«

Der Kopf sank ihr auf die Brust. Sie war schon wieder eingeschlafen.

Lassiter trieb seinen grauen Wallach an.

Johnnie Duros Comanchenpony und die braune Stute Slaughters trotteten mit gesenkten Köpfen hinterher. Die Tiere hatten auf der Flucht ihr Letztes gegeben. Je ein Drittel der Strecke hatten sie auch Myrna Fultons Gewicht getragen.

Sie lenkten ihre Tiere auf den großen Paradeplatz, an dessen Ende die Kommandantur lag.

Vor den Mannschaftsbaracken blieben die Soldaten stehen. Unglauben war in ihren Gesichtern. Lassiter und der Lieutenant sahen wie abgerissene Satteltramps aus.

Stimmen schwirrten durch die Luft. Immer mehr Soldaten folgten ihnen zur Kommandantur hinüber. Die meisten Blicke galten der schlafenden Frau in Lassiters Armen.

Vor ihnen lag die Kommandantur. Erst jetzt sah Lassiter die Menschenmenge davor. Soldaten bildeten einen Kreis, der sich langsam zu öffnen begann, als die Soldaten die Reiter auf sich zukommen sahen.

Lassiter und Johnnie Duro rissen unwillkürlich an den Zügeln, als sie sahen, was sich vor der Kommandantur abspielte.

Vom Rücken ihrer Pferde aus blickten sie über die

Köpfe der Menge und sahen einen Pfahl, an den ein Mann gebunden war. Ein Soldat mit bloßem Oberkörper schwang die Peitsche und ließ das Leder auf dem Rücken des Gefesselten klatschen.

Lassiter trieb den Grauen wieder an.

Seine Züge waren hart. Er haßte solche Züchtigungen. Ein Mann, der so etwas vor den Augen anderer ertragen mußte, konnte nur verbittert werden.

Ein Blick zur Seite sagte ihm, daß Lieutenant Duro nicht anders darüber dachte.

Johnnie Duros Blick war auf die Veranda des Hauptquartiers gerichtet, vor dem das unwürdige Schauspiel stattfand.

Lassiter kniff die Lider zusammen und spähte ebenfalls gegen die tiefstehende Sonne hinüber.

Er erkannte Major Cyrus Elmdale. Mit vor der Brust verschränkten Armen stand Elmdale da, die schmalen Lippen zu einem geringschätzigen Grinsen verzogen.

Johnnie Duro stieß plötzlich einen Fluch aus.

»Finnegan!« zischte er. »Lassiter, der Major läßt Sergeant Finnegan auspeitschen!«

Jetzt erkannte auch Lassiter den rötlichen Haarschopf des Sergeants der Artillerie. Er drängte seinen grauen Wallach an Johnnie Duros Seite und zischte: »Kümmere dich um Mrs. Fulton, Johnnie!«

Johnnie Duro zog die Frau zu sich herüber. Myrna Fulton erwachte und fragte leise: »Was ist los?«

Der Lieutenant legte ihr beruhigend die Hand auf die Schulter und starrte hinter Lassiter her, der sein Pferd angetrieben hatte und es mitten in die Menge lenkte.

Die Leute wichen zur Seite aus.

Einige Soldaten, die einen Ring um den Pfahl bildeten, richteten ihre Gewehre auf ihn, doch als sie sein zerschundenes, bärtiges Gesicht sahen, zuckten sie zurück.

Der Mann wollte gerade wieder zuschlagen.

Lassiter erwischte seinen Arm und riß ihm die Peitsche aus der Hand.

»Schluß damit!« rief er krächzend. »Das ist genug, verdammt! Bindet Sergeant Finnegan los!«

Der Sergeant am Pfahl, der den nächsten Schlag erwartet hatte, drehte Lassiter das schweißüberströmte Gesicht zu. In seinen hellen Augen spiegelte sich nichts von den Schmerzen wider, die er hatte ertragen müssen. »Mein Gott, Lassiter!« stieß er erfreut hervor. »Ich dachte nicht, daß ich Sie noch mal wiedersehen würde!«

Lassiter glitt vom Rücken des grauen Wallachs und trat auf Finnegan zu.

»Ein Messer!« schnarrte er.

Einer der Soldaten wollte vortreten, um ihm ein Messer zu reichen, doch in diesem Augenblick hallte die schrille Stimme Major Elmdales von der Veranda herüber.

»Was fällt Ihnen ein, die Züchtigung zu unterbrechen, Sie verdammter Zivilist!« schrie er. »Finnegan hat noch fünf Hiebe zu kriegen! Gehen Sie aus dem Weg, oder ich werde Sie niederschießen!«

Lassiter ging auf den Soldaten zu und nahm ihm das Messer ab. Ohne Major Elmdale zu beachten, trat er zum Pfahl zurück und faßte nach den gefesselten Händen des Sergeants.

»Vorsicht, Lassiter!« zischte Finnegan. »Der Major schießt Sie glatt über den Haufen!«

Lassiter dachte nicht daran, sich umzudrehen. Er setzte das Messer an die Hanffesseln.

Major Elmdales Stimme war jetzt dicht hinter ihm. Sie klang schrill und erregt.

»Ich werde schießen, Lassiter, wenn Sie Finnegans Fesseln aufschneiden!«

»Schießen Sie, Elmdale«, sagte Lassiter kalt. Seine Stimme war auf dem ganzen Platz zu hören. »Dann haben Sie noch einen Mann mehr auf dem Gewissen!«

Er schnitt Finnegans Fesseln durch, erst dann wandte er sich um.

Major Cyrus Elmdales Gesicht war puterrot. Der Revolver in seiner Hand zitterte. Es sah aus, als wollte er etwas sagen, doch er brachte keinen Ton hervor.

»Stecken Sie den Revolver ein!« befahl eine scharfe Stimme von der Veranda herüber.

Lassiter sah Colonel Kirby Weaver unter dem Vorbaudach stehen. Die weiße Mähne stand wirr von seinem Kopf ab.

»Und Sie lassen die Züchtigung zu Ende führen, Lieutenant Fisher!« fuhr der Colonel fort. »Ich erwarte umgehend Ihre Meldung, Mr. Lassiter!«

Kirby Weaver drehte sich um und verschwand wieder in der Kommandantur.

Sergeant Finnegan grinste Lassiter an.

»Die paar Hiebe bringen mich nicht um, Lassiter«, sagte er.

»Weshalb stehen Sie hier, Finnegan?« fragte Lassiter heiser.

»Ich hab' dem Major die Fresse poliert«, erwiderte Finnegan so laut, daß es die Umstehenden und auch Major Elmdale verstehen konnten. »Ich war leider ziemlich besoffen, deshalb hab' ich nicht so gut getroffen.«

Elmdale zitterte am ganzen Körper.

Lassiter blickte ihn nicht an. Leise, daß es nur Finnegan und der Major hören konnte, sagte er: »Dafür hätten Sie einen Orden verdient, Finnegan!«

Damit drehte er sich um und marschierte an dem erstarrten Elmdale zur Kommandantur hinüber.

Hinter ihm klang Finnegans dunkle Stimme auf.

»Na los, Lieutenant, geben Sie Prentiss schon den Befehl. Fünf Stück noch, hat der Colonel gesagt. Prentiss, wenn du dich verzählst, dann häng' ich mir deine Ohren an den Gürtel, klar?«

Lassiter vernahm noch das Knallen der Peitsche und das Gemurmel der Menge, das wieder eingesetzt hatte.

Dann betrat er das Haus.

15

Lassiter war hundemüde. Er hätte gern neben Myrna Fulton in dem großen weichen Bett gelegen, statt hier in der Dunkelheit zu warten, bis Cyrus Elmdale das Offizierskasino verließ und zum Camp hinüberging.

Er dachte an sein Gespräch mit Colonel Kirby Weaver zurück. Der Colonel war nicht überrascht gewesen, als Lassiter ihm von den großen Waffenvorräten Matt Salingers berichtet hatte, die irgendwo in den Bergen südlich von Flat Creek versteckt waren. Seine Scouts beobachteten den Missouri, und der Colonel war zuversichtlich, daß es ihm gelingen würde, Matt Salinger bald das Handwerk zu legen.

Stumm hatte sich der Colonel auch seinen Bericht über die Beschießung der ›Missouri Belle‹ angehört.

»Ich weiß, Lassiter«, hatte er gepreßt geantwortet. »Elmdale war verrückt, die ›Missouri Belle‹ angreifen zu lassen. Der Tod der 13 Männer war überflüssig. Aber kein Kriegsgericht würde ihn deshalb verurteilen.«

»Und Finnegan, Colonel?« hatte Lassiter hart gefragt. »Haben Sie für den Sergeant kein Verständnis?«

Kirby Weaver hatte gequält genickt.

»Er hat den Major vor allen Leuten zu Boden geschlagen, Lassiter. Ich konnte ihn nicht straffrei ausgehen lassen. Sie wissen genausogut wie ich, daß diese Tat ihn auch vor ein Erschießungskommando hätte bringen können!«

Lassiter hatte darauf nichts erwidert. Der Colonel hatte recht. Dennoch gefiel ihm das Ganze verdammt wenig. Elmdale war als Menschenschinder bekannt. Die Verluste in seinen Abteilungen waren schon immer extrem hoch gewesen. Bei vielen hatte es ihm den Ruf eingebracht, ein todesmutiger Mann zu sein, doch Lassiter wußte von Johnnie Duro, daß Elmdale dabei immer im Hintergrund blieb und darauf achtete, daß er selbst nicht von einer Kugel getroffen werden konnte.

Lassiter blickte auf, als die Tür des Offizierskasinos geöffnet wurde. Eine breite Lichtbahn fiel auf die Straße. Laute Stimmen und das Klimpern eines Klaviers drangen heraus.

Cyrus Elmdale trat auf den Vorbau und drückte die Tür hinter sich ins Schloß. Er setzte seinen Hut auf und schlug die gelben Handschuhe in die offene Linke.

Dann pochten seine Schritte über die Bohlen des Vorbaus.

Er stieg die Stufen zur Straße hinunter.

Lassiter ließ seinen Blick über die Häuserzeilen schweifen. Nirgends war ein Mensch zu sehen. Es war wichtig für ihn, denn er wollte keine Zeugen haben für das, was er vorhatte.

Cyrus Elmdale war völlig überrascht, als Lassiter plötzlich vor ihm stand und »Guten Abend, Major!« sagte.

Elmdales Augen wurden groß.

»Was – was wollen Sie von mir, Lassiter?« stieß er heiser hervor.

»Mich nur ein wenig unterhalten, Major«, erwiderte Lassiter kalt. »Unter vier Augen. Über Tyler's Bluff. Über 13 Tote und über Sergeant Finnegan!«

»Sie sind verrückt, Lassiter!« flüsterte Elmdale. »Man wird Sie vor ein Kriegsgericht stellen, wenn Sie es wagen, Hand am mich zu legen!«

»Erstens bin ich Zivilist, Elmdale, und zweitens müßten Sie vor einem Gericht etwas beweisen können«, erwiderte Lassiter mit einem verächtlichen Lächeln. »Es würde Aussage gegen Aussage stehen. Und obwohl man sich wahrscheinlich denken würde, wie es wirklich war, würde man mir mehr Glauben schenken als Ihnen, Elmdale.«

An Elmdales Gesichtsausdruck las Lassiter, daß der Major ihm jedes Wort glaubte.

»Also gut, Lassiter!« fauchte er. »Reden Sie meinetwegen! Ich habe mir nichts vorzuwerfen!«

Lassiter konnte die heftige Wut, die in ihm aufstieg, nicht unterdrücken. Seine rechte Faust stieß gegen die Schulter des Majors und trieb ihn in den dunklen Gang zwischen zwei Häusern.

»13 Tote!« Lassiters Stimme zitterte vor Zorn. »Und Sie haben sich nichts vorzuwerfen! Haben Sie nicht Duros Lichtsignale gesehen, verdammt?«

»Warum hätte ich mit dem Beschuß aufhören sol

len?« kreischte Elmdale. »Wollten Sie die ›Missouri Belle‹ entkommen lassen?«

Lassiters Faust zuckte vor.

Elmdale schrie unterdrückt auf und taumelte gegen die Hauswand. Seine Beine knickten ein, und er rutschte an der Wand hinab zu Boden.

Lassiter sah die Bewegung an der Seite des Majors, doch der heiße Zorn, der ihn erfüllte, hatte ihn unvorsichtig werden lassen. Er reagierte viel zu spät.

Mit wütendem Blick starrte er auf den Revolver, den Major Cyrus Elmdale plötzlich auf ihn gerichtet hatte.

»Ich leg' Sie um, Lassiter!« zischte der Major. »Niemand wird mir einen Vorwurf machen können, denn ich werde Ihnen Ihren Revolver in die Hand drücken, wenn Sie tot am Boden liegen! Sie sind erledigt, Lassiter, Sie großmäuliger Bastard!«

»Wenn Sie abdrücken, Major, sind Sie ebenfalls eine Sekunde später ein toter Mann«, ertönte eine gelassene Stimme aus der Dunkelheit.

Cyrus Elmdales Kopf ruckte herum.

Leise Schritte waren zu hören.

Eine Gestalt schob sich aus dem pechschwarzen Schlagschatten der Hauswand.

Lassiter hatte Lieutenant Johnnie Duro schon an der Stimme erkannt. Dieser verdammte kleine Schnüffler! dachte er grimmig. »Lassen Sie die Waffe fallen, Elmdale!« sagte Johnnie Duro jetzt scharf.

Der Major ließ den Revolver los, als sei der Griff glühend heiß.

»Ihr gemeinen Hunde!« winselte er.

Johnnie Duro bückte sich und hob den Revolver auf, der neben dem am Boden hockenden Cyrus Elmdale lag.

»Ich habe nicht vor, mich in Ihr Gespräch zu mischen, Major Elmdale«, sagte der Lieutenant. »Ich weiß überhaupt nicht, daß dieses Gespräch stattfindet. Ich kann einen heiligen Eid schwören, daß ich zu dieser Zeit mit Mr. Lassiter in seinem Zimmer gehockt und auf unsere geglückte Flucht aus Flat Creek ein paar gehoben habe.«

Elmdale wurde blaß. Es dauerte eine Weile, bevor er die Worte verdaut hatte. Doch dann zog er sich an der Hauswand hoch und stellte sich Lassiters Fäusten.

Die Sonne stand schon ziemlich hoch, als Lassiter erwachte. Er wollte die Arme ausstrecken, als er eine Bewegung neben sich spürte.

Vorsichtig drehte er sich auf die andere Seite und blickte in die lächelnden blauen Augen Myrna Fultons.

»Guten Tag, Lassiter«, flüsterte sie und küßte ihn auf den Mund.

Er schlang seine Arme um sie und zog sie zu sich herab. Er mochte ihren Geruch.

Sie hatte ihn in der Nacht erwartet, als er in das Zimmer nebenan schleichen wollte, um sie nicht zu wecken. Ihre Müdigkeit war nach dem heißen Bad, das man ihr angerichtet hatte, nicht mehr so groß gewesen, als daß sie auf eine Nacht mit ihm hätte verzichten mögen.

»Tag?« murmelte er. »Habe ich so lange geschlafen?« Er spürte ihre warmen Brüste auf der Haut und bedeckte ihr von der Anstrengung gezeichnetes, aber dennoch hübsches Gesicht mit Küssen.

»Ja, es ist bald Abend, Lassiter«, sagte sie kichernd. »Der Colonel läßt schon seit Stunden nach dir suchen.«

Lassiter hielt in seiner Bewegung inne.

»Waaas?« sagte er.

»Johnnie Duro war schon ein paarmal hier und hat gesagt, daß er dich immer noch nicht gefunden hat. Ich glaube, der Schlingel ist der geborene Schwindler. Er hat nämlich deine Füße unter der Bettdecke hervorschauen sehen.«

Lassiter warf sich herum und war plötzlich über ihr.

»Du läßt den Lieutenant einfach in dein Schlafzimmer?« fragte er grollend. Dann war er mit einem Satz aus dem Bett. »Warum habt ihr mich nicht geweckt, verdammt?«

Sie erhob sich. Der Anblick ihrer leicht schwingenden Brüste trieb die Hitze in ihm hoch.

»Der Lieutenant meinte, es käme nicht auf ein paar Stunden an«, erwiderte sie lächelnd.

»So, und woher weiß er das?« fragte er grimmig, während er in seine Hose stieg.

»Oh, er sagte, daß er die Angelegenheit schon mit dem Colonel durchgekaut hätte«, sagte sie, mit einem unschuldigen Augenaufschlag.

Lassiter sagte nichts mehr. Er band sich den Gurt mit dem Revolverholster um und zog die Jacke an.

Was bildet sich der Lümmel eigentlich ein? dachte er. Es wird Zeit, daß ich ihn mal wieder auf seine richtige Größe zurechtstutze.

Er ging noch einmal hinüber zum Bett und gab Myrna Fulton einen Kuß auf die vollen Lippen.

»Du kommst nachher wieder, Lassiter?« fragte sie leise.

Er nickte.

»Ich gebe dir auf jeden Fall Bescheid«, sagte er lächelnd und verließ das Zimmer.

Auf dem Weg zur Kommandantur begegnete er

Major Cyrus Elmdale, der ihn so spät sah, daß er ihm nicht mehr ausweichen konnte. Ein haßerfüllter Blick traf Lassiter. Das Gesicht des Major wies eine Menge Schwellungen und blauer Flecke auf.

Lassiter tat, als sähe er Elmdale nicht. Er nickte einigen Soldaten zu, die grüßend an ihm vorbeigingen, und er vermeinte, in ihren Gesichtern ein Verschwörergrinsen zu entdecken.

Doch dann konzentrierte er sich auf sein Gespräch mit Colonel Kirby Weaver.

Er konnte sich denken, daß es um Matt Salinger und sein geheimes Waffenversteck ging – und um die Flußschiffe, die immer noch vor den Klippen von Flat Creek festlagen. Wenn der Missouri nicht bald höheres Wasser führte, mußte Matt Salinger die Schiffe aufgeben.

Lassiter kannte jedoch die Zähigkeit des Gegners. Er würde so leicht nichts unversucht lassen, um die Schiffe und seine Waffen vor den Soldaten in Sicherheit zu bringen.

In der Kommandantur wartete schon Lieutenant Johnnie Duro auf ihn. Ein breites Grinsen lag auf seinen jungenhaften Zügen.

»Gut geschlafen?« fragte er anzüglich.

Lassiter antwortete nur mit einem Knurren.

Er marschierte auf die Tür zu Colonel Weavers Office zu. Duro folgte ihm und sagte: »Slaughter ist beim Colonel. Aber ich glaube nicht, daß der Alte uns viel helfen kann. Von der anderen Seite des Missouri aus hat er bestimmt nicht viel von dem mitgekriegt, was in Flat Creek los war.«

Lassiter nickte. Derselben Meinung war er auch. Doch vielleicht war Slaughter irgend etwas zu Ohren gekommen. In Flat Creek gab es sicher noch mehr Menschen als Myrna Fulton und den Doc, die mit den illegalen Machenschaften von Matt Salinger nichts zu tun haben wollten.

Lassiter öffnete die Tür und trat ein.

Kirby Weaver saß hinter seinem Schreibtisch und hob den Kopf. Eine Unmutsfalte stand zwischen seinen Brauen.

»Verdammt, Lieutenant«, sagte er. »haben Sie ihn endlich gefunden?«

»Yessir!« erwiderte Duro, salutierte und drückte die Tür hinter sich ins Schloß.

Kirby Weaver wies auf die leeren Stühle neben dem alten Slaughter.

Lassiter und Duro setzten sich.

»Leider kann Mr. Slaughter uns nicht helfen,« sagte der Colonel. »Er hat nichts von Salingers Waffenversteck gehört.«

Lassiter blickte den alten Farmer an.

»Was ist mit dem Fluß, Slaughter? Ist damit zu rechnen, daß sein Wasserstand bald wieder steigt und die Klippen von Flat Creek passierbar sind?«

Slaughter schüttelte den Kopf. »Nicht, bevor es ein paar Tage hintereinander geregnet hat, Lassiter. Außerdem liegt immer noch das Wrack der ›Princess‹ in der Fahrrinne.«

»Das kann Salinger sprengen lassen.«

Der Colonel erhob sich aus seinem Schreibtischsessel.

»Es wird Zeit, daß diesem Salinger das Handwerk gelegt wird,« knurrte er. »Ich habe mich entschlossen, mit zwei Kompanien nach Flat Creek zu gehen und Salinger in die Enge zu treiben.«

»Du hast keine Beweise, Kirby«, erwiderte Lassiter.

»Du kannst dir mit unbedachtem Vorgehen verdammt in die Finger schneiden. Salinger ist mit allen Wassern gewaschen. Du weißt, daß er gute Beziehungen zur obersten Armeeführung hat. Dort gibt es nicht wenige, die es gar nicht mal ungern sehen würden, wenn die Indianer auf den Kriegspfad gehen. Denn dann könnten sie zurückschlagen, um die schwelenden Probleme in den Reservaten ein für allemal zu lösen.«

Colonel Weaver nickte schwer.

»Du hast recht, Lassiter. Aber was sonst kann ich tun, um zu verhindern, daß Salinger immer wieder Waffen an die Indianer verkauft?«

»Wir müßten handfeste Beweise haben. Unsere Aussagen, daß Salinger eine Schiffsladung Waffen an Jack Mulhall verkauft hat, würden gegen Salingers Aussagen stehen. Sicher hat er sich schon eine Story ausgedacht. Wir müßten sein geheimes Waffenlager aufspüren, Kirby!«

Der Colonel nickte grimmig.

»Dann werde ich die Highwood Mountains durchkämmen, bevor ich Flat Creek einnehme.«

»Genau das ist verkehrt, Kirby. Salinger würde sofort alle Aktivitäten einstellen und sein Versteck so tarnen, daß wir es nicht finden. Nein, du solltest mit deinen Männern nördlich des Missouri bleiben und warten, bis ich das Waffenlager in den Highwood Mountains ausfindig gemacht habe.«

»Du allein?«

»Du könntest Lieutenant Duro den Befehl geben, seine Uniform auszuziehen und mit mir zu reiten.«

Kirby Weaver blickte den Lieutenant an, dessen jungenhaftes Gesicht zu strahlen begann.

»Okay, Lassiter«, sagte der Colonel, »außer Mr. Duro

wird dich auch Mr. Finnegan begleiten. Er kann dann darüber nachdenken, was ihm seine Uniform wert ist.«

Lassiter und Johnnie Duro wechselten einen kurzen Blick. Finnegan war genau der richtige Mann für sie.

»Wir sollten keine Zeit mehr verlieren«, sagte Kirby Weaver. »Mir jucken die Fäuste. Ich kann es nicht erwarten, Matt Salinger endlich zwischen die Finger zu kriegen.«

Lassiter zögerte.

»Was ist mit Jack Mulhall?« fragte er.

Kirby Weaver zuckte mit den Schultern. »Es hat wenig Sinn, ihn vor Gericht zu stellen. Ich werde ihn laufenlassen, wenn wir Salinger hinter Gittern haben.«

Lassiter nickte. Er gab dem Colonel die Hand, bevor er das Office verließ.

Draußen im Vorraum hing ein großer Spiegel. Lassiter erschrak, als er sich darin sah.

Sein dunkelgefärbtes Gesicht war eingefallen. Die Augen lagen tief in den Höhlen. die Haut wies unzählige Falten auf und schien einem alten Mann zu gehören. Das pechschwarze gefärbte Haar verstärkte den Eindruck noch.

Lassiter fluchte leise.

Wenn er zurückkehrte und immer noch wie sein eigener Großvater aussah, würde er dem Mandan-Scout den Hals umdrehen.

Slaughter hielt ihn zurück, als er mit Johnnie Duro die Kommandantur verlassen wollte.

»Sie sprachen von Jack Mulhall, Lassiter«, murmelte er. »Ich hörte von Mulhalls Schwester, die bei Salinger war.«

Lasssiter blickte den alten Farmer überrascht an.

»Was wissen Sie von ihr?«

»Sie ist damals geflohen, als auch Ihnen die Flucht über die Klippen gelang.«

»Salingers Männer haben sie nicht wieder eingefangen?«

»Soviel ich gehört habe nicht.«

Lassiter war froh, das zu hören. Er war Judith Mulhall nichts schuldig, aber hätte es ungern gesehen, wenn Salinger sie für etwas bestraft hätte, woran sie keine Schuld hatte.

16

Ihre Gesichter waren staubbedeckt und angespannt. Auf dem Bauch liegend spähten sie hinab auf den kleinen See, der in dem engen Talkessel grünweiß in der grellen Sonne schimmerte.

Weiter im Süden stieg eine graue Staubfahne in den Himmel. Sie war sehr breit, und Lassiter vermutete, daß dort ein langer Wagenzug aus den Bergen hinab zum Missouri rollte.

Unten am See war es still.

Doch Lassiter, Johnnie Duro und Buck Finnegan war die kaum erkennbare Bewegung am Fuße der steil über dem See aufragenden Felswand nicht entgangen. Wahrscheinlich wäre sie ihnen nicht aufgefallen, wenn der Mann dort unten in seiner Deckung nicht geraucht hätte.

Auch jetzt war die dünne, weiße Spirale, die nach wenigen Fuß in der heißen Luft zerfaserte, deutlich zu sehen.

»Das muß es sein!« zischte Johnnie Duro.

Lassiter nickte. Auch er glaubte, daß sie nach zwei Tagen, in denen sie kaum zum Schlafen gekommen waren, endlich Matt Salingers geheimes Waffenversteck entdeckt hatten.

Der rothaarige Sergeant wies auf die Staubwolke.

»Vielleicht haben sie schon sämtliche Waffen abtransportiert«, murmelte er.

»Dann hätten sie keinen Wächter zurückgelassen, Finnegan«, erwiderte Johnnie Duro.

»Aye, Sir«, sagte Buck Finnegan und kratzte sich am Kopf.

»Verdammt, Finnegan, wir sind Zivilisten!« knurrte Johnnie Duro. »Wann geht das endlich in deinen hohlen Schädel?«

Der Sergeant lief rot an und fluchte leise, als er Lassiters breites Grinsen sah.

»Wir werden uns das Lager ansehen und dann hinter der Staubwolke herreiten«, sagte Lassiter. »Es sieht nicht so aus, als ob sie schnell vorankämen.«

Johnnie Duro nickte grimmig.

»Worauf warten wir noch? Die eine Figur dort unten kann uns nicht aufhalten.«

Sie glitten kriechend zurück und liefen zu ihren Pferden, die genauso staubbedeckt waren wie sie selbst. Es waren Indianer-Ponys, da sie keine Pferde mit dem Brandzeichen der US-Armee hatten nehmen wollen.

Die Sonne neigte sich bereits dem westlichen Horizont zu. Die steilen Felswände warfen scharfe Schatten.

Der Talkessel hatte einen weiten Eingang, der von riesigen Felsbrocken bedeckt war. Sie gaben den drei Reitern gute Deckung. In einer Sandmulde rutschten sie aus den Sätteln. Sie durften nicht weiter in den Talkessel reiten, weil der Boden dort felsig war und der Hufschlag sie unweigerlich verraten hätte.

Sie zogen die Winchester-Gewehre aus den Scabbards und machten sich auf den Weg.

Am Ende des Sees trennten sie sich.

Lassiter arbeitete sich genau auf den Felsen zu, hinter dem sie die Rauchspirale gesehen hatten. Immer wieder lauschte er. Er war schon bis auf etwa 20 Yard heran, als er das leise Geräusch hörte.

Es war näher, als er erwartet hatte.

Ein Schatten fiel plötzlich vor ihm in den Sand.

Im nächsten Augenblick tauchte der Mann auf.

Er war in einen langen, hellen Staubmantel gekleidet und trug sein Gewehr lässig in der rechten Armbeuge. In seinem Mundwinkel hing ein Zigarillo.

Lassiter sah, daß der Mann vor Schreck den Mund öffnete und der Zigarillo in den Sand fiel.

Er hechtete vor.

Der Mann riß das Gewehr hoch. Lassiter tauchte darunter weg. Mit dem Kopf rammte er den Banditen und trieb ihn gegen einen Felsbrocken.

Ein Schrei stieg aus der Kehle des Mannes. Er schlug nach dem Angreifer, doch Lassiter war schon wieder zurückgewichen und richtete den Remington auf den keuchenden Banditen.

In den schwarzen Augen des Mannes blitzte es auf.

Gleichzeitig nahm Lassiter die Bewegung links von sich wahr. Er ließ sich fallen.

Heiß schrammte etwas über seine Schulter. Die Haut begann zu brennen.

Lassiter wirbelte im Fallen herum und schoß.

Das Krachen des Remington mischte sich mit weiteren Schüssen.

Lassiter sah, wie die Kugel aus dem Remington in die Brust eines zweiten Banditen schlug. Der Kerl warf die Arme hoch. Sein Revolver ging noch einmal los, doch das Geschoß fuhr wirkungslos in den Himmel.

Lassiters Kopf ruckte sofort wieder herum.

Der Bandit im Staubmantel hatte das Gewehr fallen gelassen und lehnte kreidebleich am Felsblock. In der linken Seite des Staubmantels in Höhe des Herzens war jetzt ein kleines schwarzes Loch. Ein leises Stöhnen drang aus der Kehle des Banditen, dann gaben die Beine unter ihm nach. Schwer fiel er in den Sand.

Lassiter richtete sich auf. Das Brennen auf seiner Schulter war kaum erträglich. Er biß die Zähne zusammen.

Buck Finnegan tauchte auf. Sein roter Haarschopf loderte wie Feuer in den Strahlen der tiefstehenden Sonne. Der Sergeant hielt einen Revolver in der Faust. Rauch kräuselte aus dem Lauf. Er nickte zu dem Toten im Staubmantel hinüber.

»Der Bastard wollte dir eine Kugel in den Rücken schießen, Lassiter«, krächzte er.

»Danke, Buck«, sagte Lassiter. »Wo ist Duro?«

»Beim Eingang der Höhle. Nur diese beiden waren hier. Alle anderen sind anscheinend mit den Wagen weg.«

Lassiter steckte den Remington ein und tastete nach seiner rechten Schulter. Das Brennen ließ nicht nach. Aber er spürte kein Blut. Offenbar hatte das Blei keine Furche in sein Fleisch gerissen.

Er überzeugte sich, daß beide Banditen tot waren. Dann folgte er Buck Finnegan zum Höhleneingang. Von Johnnie Duro war nichts zu sehen. Er war sicher schon in der Höhle.

Lassiter sah die Spuren auf dem felsigen Boden. Unzählige eisenbeschlagene Wagenräder hatten sie in das Gestein gegraben. Matt Salinger mußte diese Höhle vor Jahren entdeckt und sie seither als geheimes Lager für seine illegalen Geschäfte benutzt haben.

Licht schimmerte in der Höhle.

»Lassiter!« Johnnie Duros Stimme hallte heraus. Sie klang verzerrt von unzähligen Echos.

Lassiter und Finnegan gelangten durch einen gekrümmten Gang in eine riesige Höhle. Von der hohen, im Dunkeln liegenden Decke hingen riesige Kalkablagerungen. Fledermäuse, von den in Halterungen steckenden blakenden Fackeln erschreckt, flatterten durch die kühle Luft. Johnnie Duro kam ihnen entgegen. Sein Gesicht war ernst.

»Sie müssen das meiste abtransportiert haben«, sagte er gepreßt. »Ein einziger Wagen steht noch dort hinten. Er ist voll beladen. Aber bei einem Rad sind ein paar Speichen gesplittert. Deshalb haben sie ihn wohl zurückgelassen.«

Lassiter ging mit ihm hinüber und sah sich die Ladung an. Es waren keine Gewehre darunter. Fässer mit Pulver und Kisten mit Preßpulverstangen bildeten den Großteil der Ladung.

»Damit können wir die gesamte Höhle sprengen«, sagte der Lieutenant.

Lassiter schüttelte den Kopf.

»Buck, hol unsere Pferde und die beiden Gäule der Banditen«, sagte er.

Finnegan zog sofort ab.

»Willst du den Wagen hier einfach stehenlassen?« fragte Johnnie Duro. »Wenn die Ladung den verkehrten Leuten in die Finger fällt...«

»Wir werden das Zeug in die Luft jagen«, unterbrach Lassiter ihn. »Aber nicht hier in der Höhle.« Er wies auf einige Nischen in den Felswänden. Erst jetzt entdeckte Johnnie Duro die verrotteten Gegenstände, die dort lagen. »Die Höhle war früher gewiß ein heiliger Ort für die Indianer«, fuhr Lassiter fort. »Vielleicht kann sie es wieder werden, wenn Salinger am Galgen hängt.«

Der Lieutenant nickte.

Sie warteten fast eine halbe Stunde, ehe Buck Finnegan mit den fünf Pferden auftauchte. Die gleiche Zeit benötigten sie, um den Wagen in den Talkessel zu schaffen.

Die Schatten der Felswände erfüllten den ganzen Talkessel, als Lassiter die Lunte an die Sprengladung legte. Eine Weile beobachtete er den sprühenden Punkt, der sich rasch auf den Wagen zubewegte. Dann zog er sich in den Sattel seines Indianer-Ponys und ritt hinter Johnnie Duro und Buck Finnegan her, die bereits mit den beiden Banditenpferden zum Talausgang aufgebrochen waren.

Lassiter war sich klar darüber, daß die Detonation des Pulvers weit zu hören sein würde. Er hoffte, daß die steilen Wände des Felskessels das meiste zurückhielten. Außerdem blies der Wind von Norden.

Vielleicht hatten sie Glück, und Salingers Männer waren mit der Wagenkarawane schon so weit von der Höhle entfernt, daß sie die Sprengung nicht mehr hören konnten oder aber für ein entferntes Donnergrollen hielten.

Für die Männer jedoch, die den Talkessel eben hinter sich gelassen hatten, war die Explosion der Pulverladung wie ein Weltuntergang. Der Boden unter ihnen erzitterte, und obwohl sie sich im Schutze einer Felswand aufhielten, spürten sie deutlich die ungeheure Druckwelle, die aus dem Talkessel fauchte. Eine schwarze Rauchwolke stieg in den rasch dunkler werdenden Himmel. Am Tage wäre sie wahrscheinlich bis hinunter zum Missouri zu sehen gewesen, aber nun wurde sie von der einbrechenden Nacht verschluckt.

»Meine Fresse«, murmelte Buck Finnegan, nachdem das Echo des ungeheuren Donnerschlags in unzähligen Wellen verrollt war, »so ungefähr stelle ich mir das Jüngste Gericht vor.«

Lassiter grinste schmal.

»Wenn's nicht schlimmer ist, Buck«, murmelte er.

»Darüber könnt ihr euch unterwegs unterhalten«, sagte Johnnie Duro. Er fieberte förmlich darauf, die Wagen einzuholen.

»Wir beide reiten allein, Johnnie«, sagte Lassiter. »Buck wird wie der Teufel zu Colonel Weaver reiten. Du nimmst die beiden Banditenpferde mit, Buck, und wechselst jede Stunde. Sag dem Colonel, daß er seine Männer um Flat Creek zusammenziehen soll. Salinger hat keine andere Möglichkeit, als seine Waffen auf dem Fluß in Sicherheit zu bringen. Wenn er nicht über die Klippen kommt, wird er vielleicht versuchen, sie den Missouri hinauf nach Fort Benton zu schaffen. Dort gibt es genügend zwielichtige Profitgeier, die ihm helfen würden, die Waffen verschwinden zu lassen.«

Buck Finnegan war nicht glücklich über den Auftrag. Er wäre lieber bei Lassiter und dem Lieutenant geblieben. Aber er sah ein, daß jemand dem Colonel die Nachricht überbringen mußte.

Er nahm die Zügel der Banditenpferde auf und nickte Lassiter und Johnnie Duro zu.

»Wir sehen uns in Flat Creek wieder«, murmelte er.

Dann stieß er seinem Pony die Hacken in die Weichen und preschte davon.

Lassiter und Johnnie Duro wechselten einen kurzen Blick, bevor sie ihre Pferde antrieben und auf der deutlichen Spur der Wagen nach Süden ritten.

Sie brauchten nicht miteinander zu reden, um zu wissen, was sie erwartete. Die tiefen, sich überlappenden Radfurchen ließen deutlich erkennen, daß der Wagentreck aus mindestens einem Dutzend Wagen bestand. Und wenn auf jedem Wagen nur zwei Männer saßen, so war die Übermacht so groß, daß jede Aktion für sie selbstmörderisch war.

Sie konnten nur die Wagen beobachten und Colonel Kirby Weaver rechtzeitig informieren, wie er gegen Matt Salingers Revolverarmee vorgehen mußte, ohne selbst Verluste zu erleiden.

Die Indianer-Ponys streckten sich. Die kleinen, zähen Tiere waren nicht besonders schnell, aber ihre Ausdauer war erstaunlich. Unermüdlich trommelten die Hufe durch Sand und über felsigen Boden.

17

Die lange Schlange der schwerbeladenen Wagen wand sich zwischen den Hügeln hindurch. Die schwierigste Strecke lang hinter dem Treck. Jack Grodin, der neben dem vierten von 14 Wagen ritt, drehte sich im Sattel um und blickte durch den aufsteigenden Staub an der endlos scheinenden Wagenreihe entlang.

Die Sonne stand tief. Bald würde die Nacht hereinbrechen. Wenn sie bis dahin den ausgetrockneten Lauf des Arrow Creek und die südlich davon liegende Schlucht durchquert hatten, konnten sie die Nacht durchfahren — natürlich nur, solange die Pferde nicht schlappmachten.

Jack Grodin trieb sein Pferd an und ritt zum ersten Wagen vor.

»Wir müssen das Tempo ein bißchen erhöhen, Blair!« rief er. »Oder wir bleiben in der Arrow-Schlucht hängen!«

Der Fahrer nickte mit grimmigem Gesicht und ließ die Peitsche knallen. Die vier Pferde legten sich kräftiger ins Geschirr.

»Ich reite zum Creek voraus!« rief Grodin und preschte davon.

Die Gedanken des Revolvermannes waren in Flat Creek.

Er dachte an die letzten zwei Jahre. Sein Boß Matt Salinger hatte prächtige Geschäfte gemacht, und er und die anderen Revolvermänner hatten ihren Anteil daran gehabt.

Dann waren erste Gerüchte aufgetaucht, daß man eine Eisenbahnlinie bauen wollte, die auch Fort Benton berührte.

Matt Salinger hatte gewußt, daß es das Ende der Flußschiffahrt auf dem Missouri sein würde. Er hatte das Waffengeschäft mit den Indianern verstärkt, und der drohende Aufstand der Metis und Crees in Kanada war ihm nur recht gekommen, um noch einmal groß abzusahnen, bevor er Montana verlassen und sein Geld woanders in Geschäfte stecken wollte, die eine Zukunft hatten.

Doch dann war dieser Lassiter aufgetaucht.

Sie hatten ihn für das Halbblut Jack Mulhall gehalten, obwohl eigentlich niemand von ihnen damit gerechnet hatte, daß Mulhall persönlich nach Flat Creek kommen würde — trotz seiner Schwester, die Matt Salinger als Faustpfand in Flat Creek gefangengehalten hatte. Und dieser Lassiter hatte Matt Salinger in die Suppe gespuckt, wie es bisher noch nicht mal die Armee geschafft hatte.

Jack Grodin spuckte aus.

Dieser Lassiter hatte nicht nur die Armee im Rücken, er mußte auch mit dem Teufel im Bunde stehen. Dreimal war er ihnen bisher entkommen. Und jedesmal waren seine Chancen nicht größer gewesen als die eines Schneeballs im Fegefeuer.

Jack Grodin hatte keine Ahnung, wo dieser Lassiter sich zur Zeit aufhielt. Offenbar war er mit Myrna Fulton und Slaughter nach Fort Assiniboine geflüchtet.

Sicher würde die Armee etwas unternehmen, um Matt Salinger den illegalen Waffenhandel mit den Indianern und Metis nachzuweisen. Deshalb hatte Salinger seine Männer zur Eile angetrieben. Die Waffenvorräte mußten weggeschafft werden. Salinger hatte sie an einen Händler in Fort Benton verkauft. Der sollte sie erst einmal lagern. Später würden sie gemeinsam dafür sorgen, daß sie mit größtmöglichem Profit verkauft würden. Den Gewinn würden sie sich dann teilen. Das dachte Salingers Geschäftspartner. Er hatte leider keine Ahnung von dem Auftrag, den Salinger Sting Coogan erteilt hatte. Sobald das Geschäft erledigt war, würde der Mann in Fort Benton einen bedauerlichen Unfall erleiden ...

Jack Grodin hatte den Arrow Creek hinter sich gelassen und sah die Schlucht vor sich.

Der Boden der Schlucht wies an vielen Stellen Risse auf. Herabgestürzte Felsbrocken lagen herum und erschwerten die Durchfahrt. Bei Nacht war es ein großes Risiko, die Schlucht mit schwerbeladenen Wagen zu durchfahren.

Jack Grodin zog den Kopf zwischen die Schultern.

Er blickte nach oben zum schmalen Streifen Himmel zwischen den steilen Felswänden. Ein eigenartiges Gefühl erfüllte ihn plötzlich. Er zügelte sein Pferd zwischen zwei Felsbrocken und blickte sich mißtrauisch um.

Die Arrow-Schlucht war ideal für einen Überfall.

Lauerte die Armee hier irgendwo im Hinterhalt?

Grodin schüttelte den Kopf. Das war unmöglich. Salinger hätte ihn längst gewarnt, wenn die Blauröcke über den Missouri gegangen wären.

Er wollte wieder anreiten, als er die huschende Bewegung vor sich sah.

Ungläubig starrte er auf die schlanke Gestalt der Frau, die breitbeinig vor ihm auf dem Pfad stand und die Arme vor der Brust verschränkt hatte. Sie trug Leggings und ein Wildlederhemd mit Fransen. Ihre Füße steckten in hochschäftigen Mokassins. Eine Waffe konnte er nicht an ihr entdecken.

Jack Grodin holte seinen Revolver hervor und richtete die Mündung auf Judith Mulhall. Er grinste schief.

»Das ist eine Überraschung!« krächzte er. »Du wärst besser zu deinen Leuten zurückgegangen, Mädchen. Was suchst du hier?«

»Ihr schuldet mir Gewehre für 100.000 Dollar«, sagte Judith Mulhall leise.

Jack Grodin lachte auf.

»Da suchst du an der falschen Stelle, Mädchen. Eure

Gewehre liegen irgendwo auf dem Grund des Missouri.«

Judith Mulhall nahm die Arme herunter.

Grodin stieß sofort den Revolver vor.

Im selben Moment drang ein eigenartiges Sirren an seine Ohren. Doch bevor er das Geräusch noch mit einer Bogensehne und einem abschnellenden Pfeil in Verbindung bringen konnte, spürte er den heftigen Schlag im Rücken.

Er kippte auf die Mähne seines Pferdes. Der Revolver fiel ihm aus der auf einmal kraftlos gewordenen Hand. In seiner Brust begann es heftig zu brennen. Er schaffte es, sich vom Hals des Pferdes abzustemmen und sich ein wenig aufzurichten.

Dann sah er die Pfeilspitze dicht neben dem Brustbein aus seiner Brust ragen. Der Pfeil hatte seinen Körper glatt durchschlagen!

Ein heiserer Schrei stieg aus seiner Kehle.

Nebel wallten vor seinen Augen.

Sekunden später schlug er hart zu Boden, aber davon merkte er nichts mehr. Ebensowenig davon, wie ihn zwei Halbblut-Indianer hinter einen Felsen schleiften, während Judith Mulhall nach den Zügeln seines Pferdes griff und sich mit einem geschmeidigen Satz in den Sattel schwang.

»Nehmt eure Plätze wieder ein!« rief sie. »Ich kann die Wagen schon hören!«

Ein dumpfes Dröhnen und Poltern war in Jack Grodins Ohren und mischte sich mit dem Pulsieren der wahnsinnigen Schmerzen in seiner Brust. Keuchend wälzte er sich auf die Seite. Ein plötzlicher heißer Schmerz raubte ihm fast das Bewußtsein. Er wußte auf einmal wieder, was geschehen war! Ein Indianerpfeil steckte in seiner Brust!

Heisere Stimmen hallten durch die Schlucht.

Grodin zuckte zusammen.

Die Wagen!

Er wollte sich aufrichten. Seine Lippen waren schon zu einem Schrei geöffnet, als plötzlich das Inferno über die Schlucht hereinbrach.

Schüsse peitschten von allen Seiten auf.

Grodin hörte das Schreien von Männern und schrilles Pferdewiehern. Die steilen Wände warfen die Detonation in vielfältigen Echos zurück. Grodin glaubte für einen Moment, daß die Felswände der Schlucht einstürzen würden.

Er versuchte, auf die Beine zu gelangen. Seine Glieder knickten ihm immer wieder weg. Rote Kreise tanzten vor seinen Augen, und als das Schießen auf einmal verstummte, wußte er nicht, wieviel Zeit vergangen war. Er glaubte, die Stimme Judith Mulhalls zu hören. Peitschen knallten, und von den Wänden hallte das dumpfe Rollen von Wagenrädern wider.

Sie fuhren die Wagen weg! Was war mit Salingers Männern?

Es wurde still in der Schlucht.

Jack Grodin richtete sich in sitzende Stellung auf. Er tastete nach der aus seiner Brust ragenden Pfeilspitze. Das Blut daran war bereits getrocknet. Überrascht stellte er fest, daß der Blutfleck in seinem Hemd nicht sehr groß war.

Sein Atem ging schneller, als er sein Messer hervorholte, um die Pfeilspitze vom Schaft abzutrennen. Die Bewegung des Pfeils bereitete ihm Schmerzen. Aber er schaffte es, die Spitze zu entfernen, ohne das Bewußtsein zu verlieren.

Dann griff er auf den Rücken. Seine Hand krampfte sich um den Pfeilschaft. Er holte tief Atem, bevor er den Pfeil mit einem kräftigen Ruck herauszog.

Ein Schrei stieg tief aus seiner Kehle. Er konnte ihn nicht zurückhalten. Ein Wirbel von Kreisen und grellweißen Flecken zuckte vor seinen Augen. Dann war es plötzlich vorbei, und die heftigen Schmerzen ebbten allmählich ab.

Er schaffte es, sich an einem Felsblock hochzuziehen. Seine Knie zitterten. Die ersten Schritte kosteten ihn große Kräfte, dann wurde er sicherer.

Der Schatten eines Wagens ragte vor ihm aus der Dunkelheit. Eines der vier Pferde lag leblos auf der Seite. Die anderen drei tänzelten nervös und äugten ihm entgegen.

Hatten Judith Mulhalls Leute die Wagen nicht mitgenommen?

Jack Grodin schluckte, als er mit dem Fuß gegen einen weichen Körper stieß. Dann sah er den zweiten Mann oben leblos über das Fußbrett des Wagenbocks hängen.

Er taumelte weiter. Von Wagen zu Wagen.

Nach einer halben Stunde wußte er, daß er der einzige Überlebende des Trecks war. Die Halbblut-Indianer hatten niemanden am Leben gelassen!

Fünf der 14 Wagen fehlten.

Die Halbblut-Indianer hatten sie aus der Schlucht hinausgelenkt und waren sicher mit ihnen unterwegs nach Norden zum Missouri.

Jack Grodin hatte auch ein paar tote Halbblut-Indianer gesehen.

Daß nur fünf Wagen fehlten, konnte nach Jack Grodins Überlegungen nur bedeuten, daß Judith Mulhall höchstens noch fünf Männer bei sich hatte.

»Ich bin für den Treck verantwortlich«, flüsterte der Revolvermann. »Fünf Rothäute und eine Squaw! Verdammt ich werde sie nicht mit den Wagen entkommen lassen!«

Die Schmerzen in seiner Brust waren erträglich. Das Atmen bereitete ihm keine Schwierigkeiten. Also war die Lunge nicht verletzt.

Er drehte den Kopf, als er Hufschlag und ein leises Schnauben hörte, das ihm vertraut war.

Es war sein Pferd.

Ein grimmiges Lächeln verzerrte sein Gesicht. Vorsichtig zog er sich in den Sattel. Er warf einen letzten Blick in die schwarze Schlucht, in der der Tod reiche Ernte gehalten hatte. Dann trieb er sein Pferd an und ritt an der Fährte entlang, die deutlich vor ihm im Mondlicht zu erkennen war.

18

Die Nachtluft kühlte Lassiters heißes Gesicht. Im bleichen Mondlicht sah es aus, als wäre er aus Holz geschnitzt. Seine Augen waren starr in die Dunkelheit vor ihm gerichtet. Sie hatten in den letzten Stunden Schlimmes sehen müssen.

Lassiter und Johnnie Duro hatten die Schlucht südlich des Arrow Creek etwa eine Stunde nach dem Überfall erreicht. Keiner von Salingers Männern war mehr am Leben gewesen. Dann hatten sie die toten Halbindianer gefunden, und Lassiter hatte gewußt, wer für dieses Massaker verantwortlich war.

An den Spuren hatten sie erkannt, daß nur fünf Wagen weggefahren worden waren.

Johnnie Duro war dafür gewesen, weiter nach Flat Creek zu reiten. Doch Lassiter wollte die fünf Wagenladungen Gewehre nicht den Metis überlassen. Außerdem würde einige Zeit vergehen, ehe Matt Salinger merkte, daß mit dem Wagentreck etwas nicht stimmte. Bis dahin konnten sie die fünf Wagen eingeholt und die Halbblutindianer verjagt haben.

Lassiter zuckte heftig zusammen, als die Detonation eines Schusses an seine Ohren drang.

Johnnie Duro zerrte an den Zügeln seines Ponys und stieß einen überraschten Laut aus.

»Was hat das zu bedeuten?« krächzte er.

Lassiter wußte es nicht. Vielleicht hatten doch einige Männer Salingers den Überfall überlebt und waren den fünf Wagen gefolgt.

Die Nachtluft trug die Geräusche in große Entfernungen. Aber der Schuß war so klar zu hören gewesen, daß Lassiter auf nicht mehr als drei Meilen tippte.

Er wechselte einen kurzen Blick mit dem Lieutenant. Gleichzeitig trieben sie ihre Pferde an.

Ein paar Minuten später fiel der zweite Schuß. Der Schrei eines Mannes wehte zu ihnen herüber. Mit der nächsten Detonation sah Lassiter einen Mündungsblitz durch die Nacht leuchten, und gegen den dunklen Himmel zeichneten sich plötzlich die Konturen der Wagen ab. Ein Schatten huschte durch die Nacht. Bei den Wagen blitzten mehrere Waffen auf. Der Schatten tauchte weg.

Lassiter trieb sein Pony mit heftigen Hackenstößen an. Die Haare stellten sich ihm im Nacken auf, als er den hellen Schrei einer Frau hörte.

Er wußte sofort, daß es Judith Mulhalls Stimme war.

Die Schüsse dröhnten in seinen Ohren. Er erreichte den ersten Wagen und hechtete aus dem Sattel. Das Pony preschte weiter und lief genau in das Mündungsfeuer eines Revolvers. Mit einem schrillen Wiehern brach es zusammen.

Lassiter hatte den Remington aus dem Holster gezogen. Er sah die leblose Gestalt eines Mannes auf dem Wagenbock, kümmmerte sich jedoch nicht darum, sondern rannte weiter.

Er blieb neben einem der Wagen stehen, als er die heisere Stimme eines Mannes hörte.

»Du verdammtes Miststück! Jetzt wirst du dafür zahlen, was du mir angetan hast!«

Lassiter glitt am Wagen entlang. Die Gespannpferde bewegten sich unruhig.

Irgendwo hallte Hufschlag auf.

»Lassiter!« Johnnie Duro rief es durch die Dunkelheit.

Lassiter sprang an den Pferden vorbei.

Er sah den Schatten des Mannes, der breitbeinig dastand und die Mündung seines Revolvers auf die Stirn der vor ihm knienden Frau gerichtet hatte.

»Worauf wartest du, Grodin?« stieß Judith Mulhall haßerfüllt hervor. »Hast du gehört? Lassiter ist auf deiner Fährte. Schieß mich nieder! Aber du wirst mich um keine Stunde überleben!«

Lassiter sah, wie es in Grodins bleichem, vom Mondlicht verzerrten Gesicht zuckte. Der Revolvermann hob die Waffe an.

»Laß fallen, Grodin!« sagte Lassiter scharf.

Judith Mulhall warf sich mit einem Schrei zur Seite.

Grodin reagierte zu spät. Er drückte ab, doch seine Kugel verfehlte die Frau. Keuchend warf er sich herum.

Die Mündungsflamme des zweiten Schusses leckte auf Lassiter zu. Er spürte den Todeshauch an seiner Schläfe und drückte den Remington ab. Die Kugel traf. Grodins Knie knickten weg. Er fiel nach vorn und schlug schwer in den Sand.

Es war auf einmal still.

Lassiter blickte Judith Mulhall an. Die Frau richtete sich langsam auf. Ihre schwarzen Pupillen reflektieren das Licht des Mondes.

»Lassiter!« Johnnie Duro rief nach ihm.

»Hier bin ich, Johnnie!« gab Lassiter zurück.

Der Lieutenant preschte auf seinem Pony heran. Staub stieg auf, als er das Tier hart an den Zügeln zurückriß und aus dem Sattel sprang. Er beugte sich zu dem leblosen Revolvermann hinab und wälzte ihn auf den Rücken.

»Grodin«, murmelte er. Dann starrte er die Frau an. »Sind Sie zufrieden, Miß? Hat es genug Tote gegeben?«

Sie sprang auf. Ihre Augen blitzten, aber sie erwiderte nichts.

Johnnie Duro wandte sich ab. Auf einem Wagen fand er eine Fackel und zündete sie an. Damit ging er von Wagen zu Wagen.

Judith Mulhall trat auf Lassiter zu und faßte nach seinem Arm.

»Lassiter«, flüsterte sie, »hast du unsere Nacht in Flat Creek schon vergessen? Du bist hinter Matt Salinger her, nicht wahr? Du kannst dir seine Waffen holen! Ein Teil befindet sich schon auf den Schiffen, fast zehn

Wagenladungen findest du in der Arrow-Schlucht...«

Lassiter streifte ihren Arm ab.

»Daher komme ich, Judith«, sagte er rauh. »Ich habe die Toten gesehen. Ihr habt ihnen keine Chance gegeben.«

»Das konnten wir nicht, Lassiter! Wir waren zu wenige! Und wir mußten die Waffen haben! Salinger hat unser Gold! Wir brauchen die Waffen, wenn wir unsere Rechte durchsetzen wollen!«

Lassiter schüttelte den Kopf.

»Die Gewehre wären euer Untergang, Judith. Gewalt erzeugt wieder Gewalt. Ihr werdet immer die Schwächeren bleiben, wenn ihr euch ins Unrecht setzt. Geht den Weg der Geduld, um für eure Nachkommen ein Leben in Frieden aufzubauen.«

»Und wir! Sollen wir die Demütigungen bis an unser Ende ertragen? Nein, Lassiter! Wir haben uns entschlossen! Wenn man uns unsere Rechte verweigert, werden wir das Land, das man uns stehlen will, in ein Meer von Blut tauchen!«

»Ich kann deine Leute nicht daran hindern, Judith«, erwiderte Lassiter rauh. »Aber ihr werdet es ohne diese Waffen tun.«

Ihre Reaktion überraschte ihn. Er sah das Aufblitzen der Messerklinge in ihrer rechten Hand im letzten Augenblick und warf sich zur Seite. Eines der Wagenpferde trat nach ihm. Mit einem Satz brachte er sich vor den Hufen in Sicherheit.

Judith Mulhall lief in die Dunkelheit.

Lassiter sah, daß sie auf ein Pferd zuhielt und sich mit einem geschmeidigen Sprung in den Sattel warf. Er hielt den Remington in der Hand. Doch er brachte es nicht fertig, auf sie zu schießen.

Sekunden später tauchte Judith in der Dunkelheit unter.

Johnnie Duro lief heran.

»Du hast sie laufenlassen?«

Lassiter zuckte mit den Schultern.

»Sollte ich sie erschießen?« fragte er unwillig zurück.

»Ich hole sie mir!«

»Wir werden uns um die Wagen kümmern, Johnnie«, sagte Lassiter hart. »Und dann werden wir nach Flat Creek reiten.«

19

Lassiter war völlig durchnäßt. Seit sie die fünf Wagen zurückgelassen hatten, regnete es in Strömen. Die schwarzen Wolken waren so schnell dagewesen, daß sie sie erst bemerkt hatten, als die ersten schweren Tropfen auf die Felle ihrer Pferde geklatscht waren.

Sie konnten kaum die Hand vor den Augen sehen, obwohl der Tag längst angebrochen war. Sie hatten die Pferde unbarmherzig angetrieben, um rechtzeitig in Flat Creek einzutreffen und dabeizusein, wenn Colonel Kirby Weaver mit seinen Kompanien in die Stadt einmarschierte.

Lassiter dachte an Judith Mulhall. Welche Richtung hatte sie eingeschlagen? Er hoffte, daß sie irgendwo südlich von Flat Creek eine Furt über den Missouri fand und auf dem Weg zur Grenze nach Kanada war.

Das Rauschen des Regens erstickte alle anderen Geräusche. Johnnie Duro hatte die Krempe seine Hutes tief in die Stirn gezogen. Er ritt vor Lassiter.

Lassiters Pferd, ein Pony, das einem der Halbblut-Indianer gehört hatte, stieß plötzlich gegen Duros Hengst.

»He«, stieß Lassiter hervor und lenkte sein Tier neben den Lieutenant.

Duro starrte durch den Regen.

Lassiter wollte etwas sagen, doch dann verlor auch er alle Farbe aus dem Gesicht.

Dicht vor ihnen war ein Abgrund.

Jetzt hörte er auch das Zischen und Glucksen, das aus der Tiefe aufstieg und sich mit dem Rauschen des Regens vermischte.

Sie standen am Steilufer des Missouri! Und nur ein weiterer Schritt, und sie wären in die Tiefe gestürzt.

Die Pferde wichen ängstlich zurück.

Lassiter und Johnnie Duro blickten sich an.

»Wir müssen südlich von Flat Creek sein!« rief der Lieutenant.

Lassiter nickte und zog sein Pferd herum, um vom Steilufer wegzukommen. Er hatte das Gefühl, als ob es allmählich heller werden würde. Der Regen schien nicht mehr so dicht zu sein.

Johnnie Duro ritt an seine Seite.

»Ich glaube, ich kann die Stromschnellen von Flat Creek hören!« rief er.

Auch Lassiter war das veränderte Geräusch des Flusses aufgefallen. Es wurde schnell lauter, je mehr der Regen nachließ. Ein Loch war auf einmal in den dunklen Wolken. Gleißende Sonnenspeere stachen auf die Erde herab. Der Regenvorhang zerriß, und plötzlich war das gegenüberliegende Ufer des Missouri schemenhaft zu erkennen.

Lassiter stieß den Atem scharf aus. Er sah die weißen Klippen in den dahinschießenden Fluten. Sie schienen längst nicht mehr so weit über die Wasseroberfläche zu ragen, wie bei seinem letzten Aufenthalt in Flat Creek.

Sie ritten in eine Mulde, die ihnen Deckung bot. Lassiter rutschte aus dem Sattel und ging zum Muldenrand. Die Häuser von Flat Creek tauchten im Dunst auf. Der Boden dampfte.

Sie waren kaum noch eine Meile von der Stadt entfernt.

Johnnie Duro war zum Steilufer hinübergelaufen. Sein Ruf ließ Lassiter aufhorchen. Er lief zu Duro hinüber. Der Lieutenant wies zum anderen Ufer.

Lassiter atmete auf, als er sah, was Duro entdeckt hatte.

Dort drüben hatte Colonel Weavers Artillerie auf Höhe der Klippen Stellung bezogen. Offenbar war Kirby Weaver entschlossen, jedes Schiff, das die Klippen zu passieren versuchte, in Grund und Boden zu schießen.

Johnnie Duro grinste breit und wies den Fluß hinauf.

Deutlich war zu erkennen, daß die dort ankernden Flußschiffe unter Dampf standen.

»Sie werden es nicht wagen, an den Kanonen vorbeizufahren«, sagte der Lieutenant grimmig. »Salingers Spiel ist aus.«

Lassiter nickte.

»Und wir werden es ihm sagen, Johnnie. Komm, verlieren wir keine Zeit.«

Die Main Street von Flat Creek war eine einzige Schlammwüste. Die Stadt war wie ausgestorben. Kaum ein Fenster war erleuchtet. Die Wolken waren wieder dichter geworden. Es nieselte.

Lassiter und Johnnie Duro bogen nach den ersten Häusern von der Main Street ab. Duro wollte zuerst zum Doc. Der Arzt war der einzige Mann, von dem sie Informationen erhalten würden.

Unbehelligt gelangten sie bis zu seinem Haus.

Der weißhaarige Doc glaubte, seinen alten Augen nicht trauen zu dürfen, als er die beiden völlig durchnäßten Gestalten erkannte.

Er zog sie ins Haus, und bevor er auch nur eine Frage stellte, holte er trockene Sachen, die er den beiden Männern anbot.

»Wie viele Revolvermänner hat Salinger noch, Doc?« fragte Lassiter.

»Im Augenblick sind außer Sting Coogan höchstens noch drei von den Kerlen in Flat Creek. Gegen Morgengrauen hat eine Mannschaft von einem Dutzend Reitern die Stadt nach Süden verlassen.«

Lassiter und Johnnie Duro blickten sich kurz an. Sie ahnten, daß es mit dem erwarteten Wagentreck zusammenhing, der immer noch nicht in Flat Creek eingetroffen war.

Mit kurzen Worten informierte Lassiter den Doc.

»Schaffen Sie es, ein paar Männer mit Gewehren aufzutreiben, die uns den Rücken decken, Doc?« fragte er dann. »Colonel Weavers Artillerie hat jenseits der Klippen Stellung bezogen. Er selbst ist sicher schon auf dem Weg hierher. Salinger muß langsam das Flattern kriegen. Der Lieutenant und ich werden ihn uns holen, bevor er alles stehen- und liegenläßt und sich aus dem Staub macht.«

»Ein Dutzend Männer werde ich zusammenbringen«, murmelte der Doc. »Aber Coogan ist bei Salinger. Vor ihm haben sie alle Angst.«

»Um Coogan und Salinger kümmern wir uns, Doc!«

Sie zogen trockene Sachen an, die dem Sohn des Doc gehört hatten. Dann überprüften sie ihre Revolver, luden sie mit neuen Patronen und verließen das Haus über den Hof.

Ungesehen gelangten sie an die Rückseite des großen SSC-Hauses.

Johnnie Duro brauchte etwa eine Minute um das Schloß der Tür zu knacken. Sie gelangten auf den Flur und bis zur Treppe, die in den ersten Stock hinaufführte.

Lassiter blieb stehen, denn er hatte eine Stimme gehört.

Matt Salinger!

»Es war ein reelles Geschäft, Miß Mulhall«, sagte er. »Es ist nicht meine Schuld, daß die Armee die ›Missouri Belle‹ versenkte.«

»Sie haben sich von Lassiter hereinlegen lassen!« schrie Judith Mulhall.

»Weil Sie ihn gedeckt haben! Warum haben Sie ihn nicht gleich entlarvt?«

Die Frau gab keine Antwort.

Lassiter und Johnnie Duro verständigten sich mit einem kurzen Blick. Langsam schoben sie sich die Treppe hoch und blieben auf dem oberen Absatz stehen. Eine der Türen stand offen. Licht fiel auf den Gang.

Plötzlich klang die Stimme Judith Mulhalls wieder auf.

»Du wolltest mich immer haben, Sting Coogan«, sagte sie kehlig. »Wenn du mir hilfst, mein Gold von hier wegzubringen, gehöre ich dir!«

Lassiter hörte das Keuchen des massigen Salinger.

»Laß dich nicht einwickeln, Sting. Sie will nur das Gold — Sting, hast du den Verstand verloren!«

Lassiter schlich bis zur Tür und schob den Kopf vor.

Er sah Judith Mulhall neben dem Schreibtisch stehen. Zwei Schritte von ihr entfernt stand Matt Salinger vor dem Fenster und starrte in die Mündung des Revolvers, den Sting Coogan auf ihn gerichtet hatte.

»Du kannst mir nicht das gleiche bieten wie die Frau, Salinger«, stieß der Revolvermann hervor. »Deine Waffen sind mir gleichgültig. Ich werde mir das Gold aus deinem Tresor nehmen und mit Judith aus Flat Creek verschwinden, bevor die anderen zurück sind . . .«

Judith Mulhalls leiser Schrei ließ ihn verstummen und zusammenzucken. Sie hatte sie Bewegung in der offenen Tür gesehen.

Lassiter sprang vor.

»Keine Bewegung, Coogan!« sagte er scharf.

In diesem Augenblick reagierte Matt Salinger.

Der Teufel mochte wissen, woher er plötzlich den Taschenrevolver hergeholt hatte, der in seiner rechten Faust aufbrüllte. Die Kugel traf Sting Coogan in die Brust.

Coogans Finger krümmte sich am Abzug, und sein Revolver spuckte Feuer und Blei.

Lassiter schoß auf Salingers Revolverarm. Der Schrei des massigen Mannes mischte sich mit dem des Mädchens.

Johnie Duro sprang an Lassiter vorbei auf Salinger zu. Der Herrscher von Flat Creek wollte zurückweichen. Er stolperte über etwas und verlor das Gleichgewicht. Haltlos mit den Armen rudernd, krachte er gegen das Fenster, das dem Druck des schweren Körpers nicht standhielt. Holz splitterte. Scheppernd fielen die Glasscheiben in sich zusammen.

Salingers Hände griffen ins Leere. Mit einem gellenden Schrei stürzte er hinaus und durchschlug krachend das dünne Vorbaudach des SSC-Hauses.

Während Johnnie Duro zum Fenster rannte, schaute Lassiter zum Schreibtisch hinüber.

Sting Coogan lag davor auf dem Teppich. Seine Jacke klaffte auseinander. Der rote Fleck auf seiner weißen Hemdbrust vergrößerte sich rasch.

Doch dafür hatte Lassiter keinen Blick.

Er sah nur Judith Mulhall, die über dem Schreibtisch zusammengebrochen war. Das lange schwarze Haar deckte ihr Gesicht zu.

Lassiter ging auf sie zu und griff nach ihrem Arm. Leblos fiel er über die Schreibtischkante. Lassiter glaubte einen Kloß in der Kehle zu haben, als er die Blutlache auf dem Schreibtisch sah. Er hob Judith Mulhall an und ließ sie auf den Stuhl gleiten.

Ihre großen, schwarzen Augen standen weit offen. Leer blickten sie an ihm vorbei. Dann sah er das kleine, schwarze Einschußloch in ihrer Jacke. Es befand sich in Höhe des Herzens. Die Kugel Sting Coogans hatte ihr Leben ausgelöscht.

Johnnie Duro lehnte sich aus dem geborstenen Fenster.

Ein dumpfes Geräusch hallte von der Main Street herauf.

»Es ist der Colonel, Lassiter!« rief der Lieutenant. Er zog den Kopf zurück und rannte auf die Tür zu. Ohne auf Lassiter zu warten, polterte er die Treppe hinab, und ein paar Sekunden später hörte Lassiter seine Stimme auf der Main Street.

Mit zusammengepreßten Lippen warf Lassiter einen letzten Blick auf Judith Mulhall. Er hatte ihr etwas Besseres gegönnt, aber wahrscheinlich war es nur eine Frage der Zeit gewesen, wann sie ihr Leben für die Sache der Metis gegeben hätte.

Er trat ans Fenster.

An der Spitze einer Kompanie Soldaten hielt Colonel Kirby Weaver vor dem SSC-Haus. Neben ihm saß Sergeant Buck Finnegan im Sattel seines Indianer-Ponys. Er trug immer noch Zivil.

Durch das eingebrochene Vorbaudach sah Lassiter, wie Johnnie Duro sich über Matt Salinger beugte. Dann richtete sich der Lieutenant wieder auf und sagte: »Er ist tot, Sir.«

Lassiter hatte das Gefühl, aus einem tagelangen, traumlosen Schlaf zu erwachen. Er brauchte eine ganze Weile, ehe er wußte, wo er war. Dann glitt ein Lächeln über seine Züge. Er wandte den Kopf. Der warme, angenehme Geruch der Frau war in seiner Nase.

Myrna Fulton schlief noch. Ihr Gesicht war weich und zeigte einen Ausdruck tiefer Zufriedenheit. Das blonde Haar umrahmte es wie ein goldener Strahlenkranz.

Sie lagen in Myrnas breitem Bett.

Die Frau hatte nicht in Fort Assiniboine bleiben wollen und war mit dem Bagagewagen den Soldaten Colonel Weavers nach Flat Creek gefolgt.

Sie schien seine Blicke gespürt zu haben. Ihre Lider begannen zu flatten. Dann bewegte sie sich, räkelte sich wie eine Katze und schlug die Augen auf.

Ein Lächeln verschönte ihr Gesicht.

»Lassiter«, flüsterte sie. Sie hob die Arme, um sein Gesicht zu streicheln. Die Decke rutschte über ihre Brüste und gab die großen rosafarbenen Höfe der Brustwarzen frei.

»Ich liebe dich«, flüsterte sie.

Lassiter beugte sich über sie und küßte sie.

Sein Gefühl für sie war stark, vielleicht liebte er sie ebenfalls. Aber er durfte es ihr nicht sagen. Er wollte keine Hoffnungen in ihr wecken, die er nicht erfüllen konnte.

Sie schien seine Gedanken zu erraten.

»Sag nichts, Lassiter«, flüsterte sie. »Liebe mich – noch ein letztes Mal . . .«

Sie drängte sich gegen ihn. Er spürte ihre warme, weiche Haut, und bei der Erinnerung an die leidenschaftlichen Stunden des vergangenen Abends wuchs seine Begierde rasch.

Myrna begann zu stöhnen, als er die Hände über ihren Körper gleiten ließ und sie streichelte.

Ihre Hände verkrallten sich in seinen Schultern. Sie zog ihn auf sich und bedeckte sein Gesicht mit heißen Küssen. Und dann versank für sie beide die Welt in einem Wirbel der Lust.

Ein leises Klopfen an der Tür holte sie in die Wirklichkeit zurück.

Sie hielten in ihren Bewegungen inne und blickten sich an. Wenn sie leise waren, ging der ungebetene Besucher vielleicht wieder fort.

Doch das Klopfen wiederholte sich.

»Lassiter?«

Es war Lieutenant Johnnie Duro.

»Verdammt, was willst du so früh, Johnnie?« knurrte Lassiter und löste sich von Myrna Fulton.

»Früh? Es ist Mittag vorbei. Der Colonel will dich sprechen. Er braucht dich für den Bericht, den er für die Division schreibt.«

»Okay. Sag ihm, daß ich in einer halben Stunde bei ihm bin.«

Sie hörten, wie Johnnie Duros Schritte sich entfernten, und standen auf.

Lassiter dachte an den vergangenen Tag.

Flat Creek war dem Untergang geweiht, das war ihm schnell klargeworden, nachdem er die ersten Wagen aus der Stadt hatte fahren sehen. Die Einwohner kehrten Flat Creek den Rücken. Jeder schien zu wissen, daß mit Matt Salingers Tod die Stadt oberhalb der Stromschnellen zum Untergang verurteilt war. Auch der Doc und Myrna Fulton hatten sich entschlossen, wegzuziehen und in Fort Benton einen neuen Anfang zu machen.

Colonel Kirby Weaver hatte die Flußschiffe Matt Salingers konfisziert. Einige von ihnen hatten bereits Waffen an Bord. Gegen Abend waren dann die Wagen eingetroffen. Angesichts der Übermacht der Soldaten hatten Salingers Revolvermänner die Wagen kampflos hergegeben. Sie waren froh, daß der Colonel sie unbehelligt reiten ließ.

Ein paar Soldaten hatten inzwischen auch die fünf Wagen geholt, die Judith Mulhall zu den Metis hatten bringen wollen.

Der Colonel hatte vor, sämtliche Waffen auf die Flußschiffe zu verladen und von seinen Männern den Fluß hinunter nach Fort Bufort schaffen zu lassen.

Lassiter grinste, als er einen Blick in den Spiegel warf. Seine Haut wies an einige Stellen helle Flecken auf. Langsam ließ die Wirkung der Tinktur nach, die sein

Gesicht in das eines alten Mannes verwandelt hatte. Er würde noch eine Weile mit schwarzen Haaren herumlaufen müssen, doch das war zu ertragen.

Er drehte sich zu Myrna Fulton um.

Ihr nackter Körper erregte ihn. Sie lachte leise.

»Du mußt mich für einen Greis gehalten haben«, knurrte er.

»Nur bis zu dem Augenblick, als du mich geliebt hast«, murmelte sie und trat an ihn heran. Er vergrub sein Gesicht in ihren Haaren und sog den Geruch in sich hinein. Seine Hände streichelten ihren Rücken.

Sie entwand sich seinem Griff, als er die Hände auf ihr festes Gesäß pressen wollen, und sagte lachend: »Laß den Colonel nicht warten!« Plötzlich wurde sie ernst. »Wann wirst du reiten, Lassiter?«

Er zuckte mit den Schultern. Er wußte es selbst nicht, denn noch hatte er keine Nachricht von der Brigade Sieben.

»Ich bringe dich nach Fort Benton«, sagte er. »Ein paar Tage werden wir noch für uns haben.«

Das strahlende Lächeln in ihren blauen Augen wärmte ihm noch das Herz, als er das SSC-Haus betrat, in dem Colonel Kirby Weaver auf ihn wartete . . .

ENDE

**Band 42 231
Lassiter und die
Todesagentin
Originalausgabe**

15 Jahre hatte Jim Sherman wegen eines Eisenbahnüberfalls in Leavenworth gesessen. Seine drei Kumpane hatte man nie gefaßt, denn Sherman hatte eisern geschwiegen. Jetzt waren die 15 Jahre um. Die Brigade Sieben wollte endlich Klarheit. Lassiter wurde auf Sherman angesetzt, und in Denver wartete eine weitere Agentin. Als Lassiter die Agentin Candy Monette zum erstenmal sah, wußte er, daß sie gefährlicher als Dynamit war ...

**Sie erhalten diesen Band
im Buchhandel, bei Ihrem
Zeitschriftenhändler sowie
im Bahnhofsbuchhandel.**

Band 45 098
**Todesspiel
in Warlock**
Originalausgabe

In Warlock tobt ein erbitterter Machtkampf um die Herrschaft in der jungen, aufstrebenden Stadt. »Fat Cat« McClusky und sein wildes Schießerrudel treiben Casey Latimer, den Gründer Warlocks, und dessen Freund und Partner, Town Marshal Kelly, immer mehr in die Enge. Dennoch kann McClusky keinen endgültigen Sieg erringen, denn Kelly ist mit dem Colt unschlagbar. Schließlich versucht McClusky es mit einem Trick. Er fordert Kelly zu einem ungewöhnlichen Duell heraus. Kelly nimmt an, aber auch er ahnt nicht, daß es ein Todesspiel werden wird, bei dem der Teufel selbst die Karten mischt...

**Sie erhalten diesen Band
im Buchhandel, bei Ihrem
Zeitschriftenhändler sowie
im Bahnhofsbuchhandel.**